Manfred Böckl

GO, TRABI, GO

Das Buch entstand nach dem
Drehbuch und einer Originalidee von
Reinhard Klooss

Ueberreuter

CIP-Titelaufnahme der Deutschen Bibliothek

Böckl, Manfred:
Go, Trabi, go / Romanfassung von Manfred Böckl. Reinhard Klooss ; Peter Timm. – Wien : Ueberreuter, 1991
ISBN 3-8000-3386-0
NE: Klooss, Reinhard: Go, Trabi, go

Der Film »GO, TRABI, GO« wurde von der Bavaria Film in Zusammenarbeit mit BR und SDR produziert.

AU 170/1

Umschlag von Beate Dorfinger unter Verwendung eines Dias von Bavaria Film, München
Bearbeitung von Manfred Böckl/VerlagsService Dr. Helmut Neuberger und Karl Schaumann GmbH, München

Druck und Bindung: Carl Ueberreuter Druckerei Ges. m. b. H., Korneuburg
Printed in Austria

Inhalt

Bitterfelder Idyllen

Der winzige Raum unter dem Dach sah aus wie Tausende anderer Mädchenzimmer auch, und ebenso alltäglich war auch das Haus, in dem er sich befand: ein Reihenhaus im Einheitsstil des »real existierenden Sozialismus«, nicht gerade verkommen, aber mit grauer Fassade, von der an einigen Stellen schon der Putz blätterte. Immerhin zeugten die frisch gestrichenen Fenster von der Liebe seiner Bewohner zu ihrer Heimstatt.

Die Blümchentapete des kleinen Raumes stammte unübersehbar aus den Kindertagen der Bewohnerin. Das darübergeklebte Poster mit Udo Lindenberg signalisierte schon eher nachpubertäre Rebellion: Honny auch mal in der Lederjacke – vorbei die Zeit, da man noch davon träumte. Schulhefte, Bücher, Schreibzeug – kunterbunt zwischen Udo und Bett verstreut – zeigten an, daß hier noch wer zur Schule ging – vielleicht nicht immer voller Begeisterung. Ein um die mathematische Formelsammlung geschlungener duftiger Seidenstrumpf sprach ebenso von Aufbegehren gegen den täglichen Schulstreß wie ein umgekipptes Nagellackfläschchen, das einem halbfertigen Absatz ein unübersehbares vorzeitiges Punktum gesetzt hatte. Im Lehrbuch mit den russischen Vokabeln steckte quer ein knalliges Popmagazin.

Unbestrittener Höhepunkt dieses Ensembles war jedoch die Bewohnerin: Jacqueline. Hinreißend blaue Augen strahlten sich an diesem Bitterfelder Sommermorgen im nostalgischen Wandspiegel an. Ein süßer Kußmund wurde probeweise gespitzt, dann rigoros geschminkt, was die entzückenden Grübchen links und rechts nur noch unterstrich. Hübsch war Jacqueline, überdurchschnittlich hübsch. Über der Stirn ein weicher Pony, im Nacken ein frecher, wilder Pferdeschwanz. Brünett die ganze Pracht, das T-Shirt dagegen knallbunt – und mindestens zwei Nummern zu klein. Außer diesem tollen Teil trug Jacqueline momentan nichts auf der verführerischen, zartbraunen Haut, was auch nicht nötig war. Schöner als pur hätten ihre süßen siebzehn Jahre ohnehin nicht sein können.

Das brünette Mädchen im T-Shirt zupfte an seinen Ponyfransen. Und dann, mitten in die Idylle hinein, der drängende Ruf von unten, von der Straße herauf: »Schaggeline!« Das war unverkennbar die Stimme und das Idiom der Mutter: Rita Struutz, guter Geist der dreiköpfigen Familie, wenn auch manchmal ganz schön anstrengend.

Schaggeline-Jacqueline zog die feingezupften Brauen hoch und maulte mit schnutigem Mund: »Jacqueline, wo bleibste denn so lange?« Sie kniff die Augen zu und lauschte mit gespitzten Ohren zum Fenster hin.

»Schaggeline, wo bleibste denn so lange?« tönte es prompt von der Straße herauf.

Die Angesprochene mußte lachen. Sie lief zum Fenster und beugte sich weit hinaus. Das T-Shirt schob sich weit hoch – ein Glück, daß die schlanken Beine und der süße Po von draußen nicht zu sehen waren.

»Ich gomme ja schon!« gellte Jacqueline auf die Straße hinunter, wandte sich ab und stellte sich wieder vor den Spiegel, um erneut nach dem Lippenstift zu greifen.

Endlich war der Kußmund zu Jacquelines Zufriedenheit gestaltet. Das Mädchen tänzelte zum Schrank und zerrte einen uralten Seesack heraus. Anschließend räumte sie rigoros den Kleiderkasten bis in seine tiefsten Tiefen aus und bemühte sich heroisch, die Fülle an Hosen, Pullis, Blusen,

Fähnchen und Dessous in der Segeltuchhülle unterzubringen. Ein Tangaslip und eine einzige Jeans blieben zuletzt übrig. Jacqueline schlüpfte rasch hinein. Die Jeans hatte hinten leider einen prächtigen Riß von der Tasche bis zum Oberschenkel. Doch der störte sie nicht weiter. Sie pustete sich die Ponyfransen aus der Stirn und zerrte die verwaschenen Hosen am schlanken Körper hoch. Aufgrund des Risses hatte sie wenigstens genügend Bewegungsfreiheit für ihre nächste Aktion.
Jacqueline warf den prallen Seesack auf den Boden und setzte sich darauf. Dann hopste sie so lange darauf herum, bis die zusammengeballte Materie innerhalb des Segeltuches noch einmal nachgab. Schließlich stopfte die Siebzehnjährige noch ein Bündel Schulhefte und den Teddy hinein, der auf dem Bett gelegen hatte und noch immer ihren Jungmädchenschlaf zu bewachen pflegte. Kaum war jedoch der Kuschelbär kopfunter im Kleidergemenge verschwunden, fiel Jacquelines Blick auf ihren Kassettenrecorder und die zugehörigen Kassetten. Schulhefte und Teddy flogen also zurück aufs Bett, der Recorder und die Kassetten kamen in den Seesack.
Als Jacqueline ihre Last zur Tür schleppte, tönte es erneut von der Straße herauf: »Schaggeline! Nu gomm doch endlich! Du weeßt doch, daß der Babba nicht gerne wartet!«
»Der Babba, der Babba ...«, räsonierte die Kleine respektlos, aber leise aus rotem Kußmund. Dann machte sie noch einmal kehrt und griff nach ihrer Gitarre, die neben dem Omaspiegel an der Wand lehnte. Noch einmal ein Blick in den Spiegel, dann war Jacqueline endgültig fertig. Als sie mit Gitarre und Seesack das Zimmer verließ, sah sie einerseits aus, als wolle sie gleich heute noch Hollywood erobern – andererseits jedoch keuchte sie ziemlich unter der Last ihrer sperrigen Gepäckstücke.

Die grauschwarze Haustür quietschte hinter ihr ins Schloß. Grauschwarz war auch die Fassade der Häuserreihe, grauschwarz die Fabrikanlage des ehemaligen Braunkohlekombinats im Hintergrund. Grauschwarz waren die Schlote, die hoch in den Himmel ragten und wiederum grauschwarzen Qualm ausspuckten. Friedliche Revolution oder nicht – die Umwelt stöhnte noch immer in Sachsen. Und es stöhnte, kaum daß sie ins Freie getreten war, auch Jacqueline: »Ach, du digge Scheiße ...«

Seesack und Gitarre knallten zu Boden. Jacqueline rieb sich das rechte Auge. Wie überall und ständig in dieser Stadt hatte sich ein kleiner, harter Klumpen unter ihr Augenlid verirrt – einer jener Kohle- und Ascheklumpen, die in der Luft von Bitterfeld schon lange den Kampf gegen Sauerstoff und Sonne gewonnen hatten. Jacqueline rieb, bis das Auge rot und der Fremdkörper aufgelöst war. Doch noch ehe sie damit fertig war, tönte es unvermittelt neben ihr: »Biste wohl verrüggt geworden, Schaggeline?«

Vor ihrer Tochter stand Rita Struutz, knackige sechsunddreißig Jahre alt, ebenfalls mit blauen Augen, doch mit tizianfarbener Dauerwelle und einem knallbunten T-Shirt über der ansehnlichen Figur. Weniger erfreulich als ihr Anblick wirkte in diesem Moment jedoch ihre Miene. Entgeistert blickte sie auf den riesigen Seesack und die sperrige Gitarre und rieb dabei gleichzeitig mit einem Finger an ihrem linken Augenlid herum. Erneut öffnete sie den Mund, doch Jacqueline kam ihr zuvor.

»Die gommt mit!« rief sie und umklammerte kriegerisch das Musikinstrument. »Und die Glamodden ooch – sonst gönnt ihr alleene fahren!«

Daraufhin drehte sie sich abrupt um, schleppte Gitarre und Seesack zum Bordstein und stellte sie dort neben einem kleinen Warenlager ab, für das nun allerdings Rita verantwortlich zeichnete. Neben Jacquelines Utensilien, die sich vor dieser Kulisse direkt bescheiden ausnahmen, stapelten sich Taschen, Tüten, Koffer, Decken, ein Zeltsack, mehrere Benzinkanister sowie eine Reihe verschmierter Öldosen.

Rita war ihrer Tochter gefolgt und steckte nun angesichts dieses Mißverhältnisses zurück. »Na, du wirst schon seh'n, was där Babba dazu sagt!« erklärte sie unsicher.

Jacqueline verdrehte verzweifelt die Augen: »Där Babba, där Babba, där Babba! Ist mir doch schnulli, was där Babba sagt! Wo isser denn überhaupt, där Babba?«

»In Leipzsch. Bei Opa.« Rita Struutz wirkte plötzlich ein wenig ungeduldig.

Nicht anders Jacqueline. »In Leipzsch? Ausgerechnet heute?« fragte sie alarmiert.

»Räg dich nich ginstlich uff!« lachte Rita. »Das schad't bloß deinem Täng!«

Jacquelines entgeisterte Miene angesichts des überfälligen Babbas fand sie höchst erheiternd. »Der Babba wird schon rechtzeitsch zurückgomm'n. Da mach dir bloß nich ins Hemde! Überhaubt hat er gesaacht, daß er 'ne Überraschung für uns hat ...«

»Oh, Mann, Udo und 'ne Überraschung«, versetzte Jacqueline skeptisch.

Ihre Mutter schmunzelte. »Vielleicht gommt er ja mit Opas neuer Garre heeme, dem VW-Schiroggo, den ihm Vedder Alfongs so günstsch besorgt hat.« Rita seufzte hoffnungsvoll und blickte zur anderen Straßenseite hinüber, wo in langen Reihen die Westkarossen geparkt waren, das vorerst einzige Anzeichen für den wirtschaftlichen Aufschwung der nachrevolutionären DDR. Neben den oft rostblumigen Mittelklassewagen standen die Nachbarn der Familie Struutz und beobachteten argwöhnisch deren Gepäckberg. Gleichzeitig wienerten sie hingebungsvoll an ihren gebrauchten Statussymbolen herum, wienerten Spoiler, Rallyestreifen und Nebelleuchten so blank wie möglich und zogen Dichtungen an ölverschmierten Austauschmotoren nach. Einer ging gar dem Fuchsschwanz, der von der Antenne seines Ford baumelte, mit VEB-Haarshampoo zu Leibe.

Zwischendurch rieben sich auch die Nachbarn immer wieder die Augen – auch sie litten unter dem ständigen Bitterfeld-Syndrom. Das war ihnen nach der Wende treu geblieben – und sie ihrerseits ihren lieben alten Gewohnheiten wie der Wochenendwäsche ihrer fahrbaren Untersätze am Straßenrand. Treu geblieben waren sie auch den Rollkragenpullis aus Polyacryl, den abwaschbaren Windjacken und den Elvisfrisuren mit den wuchtigen Koteletten. Vielleicht sogar ihren Frauen. Aber bestimmt nicht ihrer Partei. Und schon gar nicht ihren Autos. Mit einer Ausnahme ...

»Udo ohne Schorsch? Das ist doch wie'n Deggel ohne Gegsdose!« ließ sich Jacqueline bitter vernehmen. Besorgt betrachtete nun auch die Tochter den Gepäckberg am Straßenrand.

»Udo gommt bestimmt mit dem Schiroggo an!« versuchte Rita ihr Mut zu machen. »Im Trabi gönnten wir das ganze Gebäck uff geen Fall unterbring'n.«

Ein krächzender, rachitischer Hupton schnitt ihr das Wort ab. In die Wohnstraße war ein himmelblauer Trabant 601 eingebogen. Zwei arglose Kulleraugen blendeten auf, dann blubberte der Trabi langsam heran und kam vor dem Gepäckberg der Familie Struutz zum Stehen.

Da war er nun – der Trabi, und nicht etwa Opas Scirocco: Schorsch, der die Familie Struutz in den sonnigen Süden bringen sollte – und auch wieder zurück. Schorsch mit sei-

nen so gar nicht windschnittigen Heckflossen und der unmöglichen Bonbonfarbe, der gegenüber den Westautos auf der anderen Straßenseite wie ein hilfloser Fremdkörper wirkte. Noch nicht mal Roststellen konnte er aufweisen. Wie sollte er auch? Schorsch war aus Baumwollresten, Holzwolle und Polyesterglasur zusammengeschustert. Dreiundzwanzig bescheidene Pferdestärken reine Duroplaste und dazu stolze zwanzig Jahre alt: ein Veteran seiner Gattung. Aber Schorsch war noch immer guten Mutes. Wieder quäkte die Hupe, als wollte sie bekräftigen, daß er noch lange nicht zum Altpapier gehörte.
Hinter dem dünnen Kranz des Steuerrads thronte ein Enddreißiger mit rundem, ein wenig slawisch anmutendem Gesicht und einem dicken Schnauzbart auf der Oberlippe. Auf dem Kopf, über dem dunklen Haar, trug er eine beige Freizeitmütze, einen Topfdeckel, das Merkmal aller deutschen Touristen, ob Ost oder West. Das also war der Deutschlehrer Udo Struutz, Schorschs bester Freund sowie – zumindest theoretisch – Ritas und Jacquelines Familienoberhaupt.
Als er sich nun aus dem Trabi quälte, guckte die gesamte Nachbarschaft mitleidig herüber. Respektlose Kommentare wurden laut: »Udo und seine Seifengiste!« – »Meene gesamde Freizeid hat mich meen oller Trabi gegostet. Unter der Babbe hab' ich mehr Stunden verbracht als uff meener Ollen!« – »Hallo, Udo, wie geht's dein'm Durbo?«
Udo Struutz ignorierte die Anfeindungen souverän. Er öffnete den Kofferraum und gab seinen Damen ein Zeichen, ihm beim Einpacken zu helfen. Gehorsam nahmen Rita und Jacqueline den Kampf mit den Kubikzentimetern auf, hievten ein Gepäckstück um das andere hoch, während Udo verzweifelt umschichtete und hineinstopfte. Er

schien Erfahrung darin zu haben. Jeder Zentimeter in den Tiefen des Plastikgefährts wurde genutzt, und dies, obwohl Udo Struutz durch seine eigene Ausrüstung ein wenig behindert wurde. An seinem Topfhütchen war nämlich ein Button befestigt, der verkündete: »Mein Leipzig lob' ich mir!« Ab und zu, wenn ein Gepäckstück allzu schwungvoll ankam, verhakte sich der lokalpatriotische Spruch auf Udos tief gebeugtem Haupt an Kofferriemen oder Schnüren.

Das Zitat auf dem Button stammte von keinem Geringeren als Johann Wolfgang von Goethe. Udo liebte den Dichterfürsten über alles, und um seinetwillen sollte auch die Reise unternommen werden. Auf den Spuren des größten deutschen Dichters sollte Schorsch wandeln – sobald endlich das Gepäck verstaut war: nach Arkadien, zu den glückseligen Landschaften unter dem lichten Himmel Italiens.

»Alles rin in die gude Stube!« drängte Udo Struutz. »Und dann nix wie los!«

Doch Schorschens Kofferraum wurde allzu rasch voll. Die Tülle eines Benzinkanisters drang nicht mehr weiter vor als bis zu Udos Brust, wo sie sich in einem weiteren seiner touristischen Attribute verhängte. Erst da wurden Rita und Jacqueline auf die Kamera aufmerksam, die garantiert nicht zu ihrem Hausstand gehörte.

»Was is'n das?« ließ sich Rita vernehmen.

»Tja, das häddste nich gedacht, daß uns die der Opa borgt«, erwiderte Udo stolz. »Original jabanisch! Chassis, Obdig, alles vom Feinsten! Blende, Schärfe, alles vollaudomadisch! Hier gommt er rin, der Film, dorte gommt er raus.« Er drückte auf einen Knopf, und das Objektiv wurde mit leisem Summen ausgefahren. Nach einem weiteren Knopfdruck glitt es ebenso leise wieder zurück.

»Gommt doch raus- und ringefahr'n wie Budder«, erklärte Udo begeistert.
Rita zuckte nur die Achseln, und Jacqueline verdrehte verzweifelt die Augen. Mit japanischer Technik konnte man ihnen beiden nicht imponieren.
Udo bemerkte es nicht. »Und nun machd endlich mit dem restlischn Gebäck!« drängte er. Er griff nach dem Zeltsack und wuchtete ihn auf den knickbeinigen Dachgepäckträger. Am Bordsteinrand kam auf diese Weise Jacquelines Gitarre zum Vorschein. Betont lässig – und dennoch blitzschnell – griff die Siebzehnjährige nach dem Instrument, um es heimlich im Trabiinneren zu verstauen.
Udo jedoch war wachsam. »Schaggeline!« fauchte er, als hätte er eine seiner Schülerinnen beim Unterschleif erwischt. Wegen der Gitarre hingen plötzlich schwere Gewitterwolken in der Luft.
»Nich, Babba!« ließ sich gehetzt Rita vernehmen. »Nich uff der Straße! Und nich gleich am ersten Ferjendaach!«
Verdutzt zog Udo den Kopf samt Hütchen ein. Möglicherweise hätte er nachgegeben, doch da erblickte er Jacquelines Po, der aus dem Trabi ragte. Durch den Schlitz in den Jeans schien ihn Unaussprechliches anzugrinsen. »Aber där Fetzen bleibt hier!« brüllte er außer sich.
Jacquelines Pony kam ins Freie. »Haste ulle, oder wa?«
Udo schnaubte, puterrot im Gesicht. »Das ziehste aus! Uff der Schdelle!«
»Nuja, wenn de meenst ...« Jacqueline war plötzlich ganz gehorsame Tochter. Sie löste langsam den Gürtel und ließ die Jeans fallen – stand im Freien da, denn wo zuvor die Jeans ihre Reize trotz des Risses leidlich keusch umschlossen hatten, da bedeckte nun ein winziger Tangaslip nur noch das Nötigste. Udo stand sprachlos vor Entsetzen, und sprachlos war auch Rita, doch eher vor Lachen. Die

Nachbarn auf der anderen Straßenseite dagegen begannen begeistert zu johlen. Der Anblick, den Jacqueline bot, war überaus erfreulich, und man gönnte dem oberlehrerhaften Nachbarn die kleine Szene. Allein, dieser konnte überhaupt nichts Erhebendes daran finden. Bleich wie die Herren der SED auf ihrer unwiderruflich letzten Sitzung schüttelte er die Faust gegen das Volk auf der anderen Straßenseite. Jacqueline vollführte währenddessen ein paar Tanzschritte. Dann zog sie – unendlich langsam – die Jeans wieder hoch.

Babba hatte seine Lektion weg. Stumm stand er da, und seine Gesichtsfarbe wechselte von Weiß zu Rot. Jacqueline freilich wußte, wie dem bevorstehenden Wutanfall ihres Erzeugers zu begegnen war. Sie tänzelte zu ihm, baute sich vor ihm auf, ging in Boxstellung. Ihre kleine Faust zuckte vor. »Gomm, Babba, deck' dich!«

Udo deckte sich nicht nur, sondern schlug zu. Doch ebenso wie seine Tochter ging er nicht in die Vollen. Die Schläge waren nur angedeutet. Udo und Jacqueline führten einen Schattenkampf auf. Es handelte sich um ein altbewährtes Ritual zwischen Vater und Tochter, mit dessen Hilfe Spannungen blitzschnell abgebaut werden konnten. Zuletzt fielen sich die beiden lachend in die Arme. Der Friede war wiederhergestellt. Und natürlich hatte Jacqueline ihren hübschen Kopf durchgesetzt. Sie griff sich ihren Seesack und folgte damit der Gitarre nach. Udo und Rita verstauten den Rest der Gepäckstücke auf Schorschens Dachträger. Der ächzte und knackte und ging bedenklich in die Knie. Doch wundersamerweise hielt das Plastikgerüst der Belastung stand.

Udo knallte den Kofferraumdeckel zu. Wieder wurde ein Schriftzug sichtbar. »Neapel sehen und sterben« hatte Udo mit Opas Hilfe in Leipzig auf die Plaste gemalt.

Die lieben Nachbarn auf der gegenüberliegenden Straßenseite grinsten. Ganz schön dick aufgetragen hatten die verrückten Struutzens wieder mal.
»Näabl sähn und Bizza schbachdln, wa?« rief einer herüber.
Udo ignorierte den profanen Anwurf souverän. Er zog nämlich gerade seine Sandalen aus und ließ sich von Rita die karierten Hauspantoffeln reichen. In diese schlüpfte er, ehe er in Schorschens Gehäuse verschwand. Denn das Innenleben des Plastebombers war ihm ebenso heilig wie das heimische Wohnzimmer – und ebenso sorgsam mit den Teppichresten der guten Stube ausgelegt.
Dann wimmerte der Anlasser, eine tiefblaue Abgaswolke hüllte den grätschbeinigen Schorsch, die Nachbarn und halb Bitterfeld gnädig ein. So blubberte er davon, allerdings noch nicht Richtung Süden, sondern erst mal nach Leipzig.

Dem Freistaat entgegen

Verrußte Eisenbahnbrücken, kalkige Trassen – noch einmal zeigte sich Bitterfeld in seiner ganzen abgewirtschafteten Pracht. Die Landstraße nach Leipzig war bucklig und teilweise noch kopfsteingepflastert wie zu Kaisers Zeiten. Zwei Dutzend Kilometer weiter ein Braunkohle-Tagebaugebiet: riesige Schaufelradbagger fraßen sich wie Monster aus einer anderen Welt in halbkilometerbreite künstliche Täler. Rötlich-brauner Staub hing wie ein stickiges Tuch zwischen Himmel und Erde, und die Hochspannungsmasten standen ringsum bis zum Horizont weit ins geschundene Land genadelt.

Der Trabi kämpfte sich durch eine verwüstete Landschaft. Einmal ruckelte er an einem hausfassadengroßen Transparent aus beinahe schon vergessenen real-sozialistischen Zeiten vorbei. »Plaste und Elaste aus Schkopau« stand auf der verwitterten Tafel geschrieben. Wenig später ein Geisterdorf am Rand der alles verschlingenden Grube, bereits geräumt, um den Braunkohlebaggern den Zubiß zu ermöglichen: zerbrochene Fenster, klaffende Türen, zerfaserte Strohballen über geborstenem Asphalt. An einer halb eingefallenen Mauer baumelte noch das HO-Schild, Symbol einer anderen Zeit.

Dann, zwischen Bitterfeld und Dessau-Süd, veränderte sich das Land. Zwar drohten noch immer Dutzende von Fabrikschloten, aber dazwischen lagen nun auch helle, freundliche Kornfelder. Weiter tuckerte Schorsch durch sein Land – Trabiland. Auf dem Schlagloch-Parcours stand er, obwohl bis zur Halskrause beladen, seinen jüngeren Kollegen in nichts nach. Im Gegenteil! Wo die anderen zumeist feige auswichen, nahm Schorsch Bodenwellen und Schlaglöcher tollkühn im direkten Anflug. In seinem Gehäuse schüttelte es dann Udo, Rita, Jacqueline samt ihren Tüten, Taschen, Koffern, Kanistern und Flaschen, samt Seesack und Gitarre wie wild durcheinander. Ihre gute Laune litt darunter wenig. Ein langes, zwanzigjähriges Familienleben lang waren die Struutzens auf Trabi eingestellt.

»Mama, gib mir mal 'ne Bemme rüber«, sagte Udo kurz hinter Dessau-Süd. »Ich hab' mächdschn Gohldampf!«

Rita begann in einer ihrer zahlreichen Proviantttaschen zu wühlen. Angewidert starrte Jacqueline auf die zutage kommenden Leckereien wie Dosenfleisch, Dauerzwieback und Vierfruchtmarmelade – und eben Bemmen in rauhen Mengen. Wahrlich generalstabsmäßig hatten Udo und Rita

die Italienreise vorbereitet – so perfekt, daß Jacqueline schon jetzt der Appetit gründlich verging.
Udo hingegen kaute auf beiden Backen und zitierte dabei leicht vernuschelt: »Ich muß gestehen, daß meine Reise eigentlich eine Flucht war, vor all den Ungebilden, die ich unter dem 51. Grade erlitten, daß ich aber Hoffnung hatte, unter dem 48. ein wahres Gosen zu betreten.«
Rita guckte ihn entgeistert an, und Jacqueline murmelte: »Das muß die Bemme gewäsn sein. Vermutlich verdorbene Läberwurst ...«
»Schau mal ins Handschuhfach, Mama!« befahl Udo souverän. Rita kramte, brachte dann ein vergilbtes Büchlein zum Vorschein und las laut den Titel: »›Die italienische Reise‹ – von Goethe.«
»Äbn!« erklärte Udo, schnappte sich mit der einen Hand das klassische Fossil, hielt in der anderen die Bemme und dirigierte das Lenkrad mit dem Knie. »Das is' unser Gombaß. Besser als jede Schdraßengarte. Zweehundert Jahre alt, aber ...« Er zog die Augenbrauen hoch, plötzlich wieder ganz Deutschlehrer. »Immer noch hochagduell!«
»Willste ooch eene Bemme, Schaggeline?« ließ sich ungerührt Rita vernehmen. Sie offerierte ihrer Tochter eine Schrippe und eine offene Dose Büchsenfleisch – und erntete prompt empörte Ablehnung. »So'n babsches Zeug freß' ich nich!« fauchte das Mädchen. »Wenn ich das bloß rieche, griech ich schon 'n unwiderstähliches Völlegefühl ...« Sie steckte demonstrativ einen Finger in den Mund.
Udo blätterte inzwischen begeistert in seinem Goethe-Band, wobei er Schorsch noch immer mit hochgezogenem Knie dirigierte. »Biste sicher, daß wir mit der Schwarde ooch bis nach Näabl gomm'n?« erkundigte sich Rita besorgt.

Udo grinste, fischte einen Zettel aus dem Buch und hielt ihn seiner besseren Hälfte hin. »Die italienische Reise – von Familie Struutz«, las Rita laut vor. Und dann weiter: »Bitterfeld – Regensburg – München – Brenner – Gardasse – Rom – Neapel.«
»Na siehste«, erklärte Udo, »alles ganz baletti, alles gud geblant.« Er nahm den Zettel an sich und hielt die Bemme währenddessen mit den Zähnen fest. Dann steckte er die Reiseroute in die Klammer an Schorschens Armaturenbrett. »Ihr habt's gehört«, nuschelte er dumpf. »Erste Stadsjon: Rächensburg.«
»Da werden sich Onkel Bernd und Dande Gerda aber dabsch freuen!« gab Jacqueline süffisant zu bedenken.
Rita guckte strafend nach hinten, während Schorsch gerade mit sonorem Zweitaktblubbern unter einen Brückenbogen rollte, an dem ein wohlbekanntes Transparent aus realsozialistischen Tagen hing: »Gute Fahrt mit Trabant«. Daneben grüßte bereits das rotgelbe »M« von McDonald's auf das himmelblaue Gefährt herunter – mit der Verheißung: »Nur noch 50 Kilometer!«
Auf halbem Weg zwischen dem Brückenbogen und der unweigerlich ersten Hackepeterbude ließ Rita die Thermosflasche mit Blümchenkaffee kreisen. Udo schlürfte gehorsam, Jacqueline jedoch verwehrte auch die flüssige Nahrung und lamentierte statt dessen: »Mänsch, ich hab so'n richtischn Heißhunger auf Bizza!«
»Bizza gommt nich in die Düte!« wies Udo sie zurecht. »In der Reisegasse sind dausend Dä-Mark und geene Lira mehr!«
Prompt begann Jacqueline demonstrativ zu schmollen. Sie öffnete ihren Seesack, holte den Kassettenrecorder heraus, drehte den Lautstärkeregler auf voll und drückte auf die Starttaste. Ohrenbetäubender Hardrock schepperte aus

dem Lautsprecher. Noch lauter dröhnte allerdings Udos Organ: »Stell die Fidschimusig ab – aber uff där Schdälle!« Damit hatte er es sich nun freilich endgültig mit seiner Tochter verdorben. Jacqueline stoppte zwar die Kassette und verstaute den Recorder wieder im Seesack, fischte aber statt dessen nach ihrer Pillenpackung. Dann drückte sie eine jener Kugeln, die Väter weit lieber in den Händen ihrer Frauen als ihrer Töchter sehen, aus der Staniolhülle, warf sie salopp in die Luft und schnappte sie mit einer fast artistischen Kopfbewegung aus der Luft. Mit provozierender Langsamkeit ließ sie das Ärgernis auf der Zunge zergehen.

Udos Reaktion kam prompt: »Die Bille is' wohl das einzigschde, was dir schmeggd, wa?« räsonierte er.

»Nadürlsch!« gab Jacqueline ungerührt zurück.

Wie von der Tarantel gestochen, fuhr Rita auf ihrem Sitz hoch. Doch nicht Jacquelines freche Gosche war schuld daran, sondern eine niederschmetternde Erkenntnis: »Und meene liechn daheeme uff'm Güchendisch ...«, seufzte sie.

Jacqueline brach in meckerndes Lachen aus, und Udo trat auf die Bremse, daß die Reifen quietschten. Doch seine Frau hatte sich schon wieder gefangen. »Gomm, fahr ruhig weiter!« wies sie ihren Göttergatten an. »Ich hab' ja sowieso geene Verwendung für die Bille – bei deinem Streß, mein Gudster ...«

Es war dies eine jener Bemerkungen, die geeignet sind, aufkeimende Urlaubsgefühle nachhaltig zu zerstören. Kein Wunder, daß Udo Struutz verbissen auf die Straße starrte und dabei nicht einmal richtig mitbekam, daß Schorsch im gleichen Augenblick die bayerische Landesgrenze passierte. Die beiden Löwen auf der Wappentafel schienen drohend auf ihn herunterzublicken, und in der Tat: mit dem Passieren der Grenze war auch die Schonzeit für Schorsch vorbei. Auf den beiden Überholspuren huschten PS-starke Limousinen aus Zuffenhausen, Untertürkheim und Ingolstadt an dem keuchenden Trabi vorüber. Auf den Schnellstraßen des Freistaates wehte ein anderer Wind als in Sachsen, und Schorsch bekam es schmerzhaft zu spüren.

Udos Leichenbittermiene rührte nun doch das weiche Herz seiner Ehefrau. »Wie weit isses 'n noch nach Rächensburg?« fragte sie versöhnlich und rückte so nahe wie möglich an ihn heran. Weil Ritas Busen sich so weich an seine Schulter schmiegte, gewann Udo erstaunlich schnell seine gute Laune wieder zurück. »In gud drei Stunden sind wir da!« erklärte er unternehmungslustig.

»Tja, bei Rüggenwind ...«, dämpfte Jacqueline seinen Optimismus.

Rita unterdrückte mühsam ein Lachen. Schließlich wollte sie Udos Hochstimmung nicht schon wieder einen Dämpfer versetzen, und bezüglich Schorschens Potenz war er so empfindlich, als ob es um seine eigene ginge.

»Ooch ohne Rüggenwind!« fauchte sie in Richtung hintere Sitzbank.

Udo umklammerte verbissen das Lenkrad. Er hatte gar nicht hingehört. Denn neben den Trabi hatte sich ein schikkes Porsche-Cabrio mit zwei jungen Leuten im Cockpit geschoben. Auto und Insassen wirkten schon fast zu mondän und elegant – die ganze Pracht stammte wohl nicht von Selbstverdientem. Und eben diese Jeunesse-dorée-Mimen glaubten den Trabi-Fahrer ärgern zu können, indem sie so taten, als kämen sie trotz ihrer PS-Fülle nicht an dem Plastikgefährt vorbei. Doch nicht das provozierende Gebaren der beiden ließ Udo auf seine Familie vergessen. Es war vielmehr Schorschens Tachometer, der ihn in seinen Bann zog. Eine ganze Weile schon hatte Udo das Gaspedal gegen das Bodenblech gepreßt, doch die Nadel pendelte so verrückt um die magische Zahl »120« hin und her, daß er Schorschens tatsächliche Geschwindigkeit unmöglich feststellen konnte. Dabei hatte er das Gefühl, daß der himmelblaue Blitz noch nie so schnell gewesen war wie in diesem Moment. Während sich Jacqueline vom Rücksitz aus bereits heftig um einen tiefen Augenkontakt mit den beiden Luxusknaben aus Starnberg bemühte, kurbelte Udo entschlossen das Seitenfenster herunter und brüllte durch das Motorengetöse zum Porsche hinüber: »Wie schnell sind mer denne?«

»Hundertzwanzge! Gib obacht, daß dir dei Pappendeckel net um die Ohren fliegt!« klang es arrogant zurück. Dann erklang ein aggressives Röhren, der Porsche pustete zwei kleine Wölkchen aus seinen dicken Auspuffrohren und verschwand.

Sehnsüchtig blickte Jacqueline dem Traum in Metallic-Blau hinterher. Ihr Vater hingegen konnte vor Begeisterung kaum an sich halten. Hingebungsvoll streichelte er Schorschens Tacho mit der heftig flatternden Nadel und lobte: »Hundertzwanzsch Sachen! Deine berseenliche Bestleistung, Schorschi!«

Doch anstelle einer Antwort begann der Trabi plötzlich auf beängstigende Weise zu husten und zu stottern. Der Motor setzte aus, kam wieder, schien endgültig stehenzubleiben.

»Hädsd'n bloß nich so gedrädn!« tadelte Rita mit angstvoller Miene.

Doch Udo war nicht aus der Ruhe zu bringen. »Ich muß'n lädiglich uff Räsärve schdelln«, beruhigte er die Seinen, tauchte mit Kopf und Oberkörper unters Armaturenbrett und hangelte dort nach dem Drei-Wege-Benzinhebel.

Auf der Überholspur schob sich währenddessen ein dicker BMW heran, am Steuer ein Nadelstreifen unter markanter Nase. Der schien seinen Augen nicht zu trauen, als er den Trabi scheinbar führerlos dahinrollen sah. Gebannt starrte er auf das verwaiste Lenkrad des himmelblauen Nachbarn, starrte auf die offenbar unbekümmerten Insassinnen, vergaß die Autobahn und das Tempo – und steuerte langsam, aber sicher auf die Leitplanke zu.
Inzwischen tauchte Udo wieder aus der Versenkung auf. Auch ohne Sicht auf die Fahrbahn hatte er seine Fahrspur routiniert gehalten. Blitzschnell erkannte er die Gefahr. Seine Hand schlug auf den Knopf der Hupe, sein Kopf schoß zum immer noch offenen Seitenfenster. »Guck doch uff die Straße, du Dämlagg!« brüllte er zu dem schweren Wagen hinüber.
In letzter Sekunde riß der Mann im Nadelstreifen das Steuer herum. Der BMW schleuderte und schien sich querstellen zu wollen, doch mit viel Glück gewann der Fahrer die Kontrolle über den Wagen zurück. Sichtlich geschockt ließ der Nadelstreifen seinen Wagen auf dem nächsten Parkplatz ausrollen. Triumphierend blubberte Schorsch vorbei. Der andere mochte mehr PS unter der Haube haben, doch der bessere Fahrer war unbestreitbar Udo aus Bitterfeld.

Kernbajuwarisches

Regensburg, zweitausendjährige Stadt an der Donau, von den Römern gegründet, ehemals Hauptstadt Bayerns, Sitz des Immerwährenden Reichstages, im Kern noch mittelalterlich und einmalig in Deutschland. Udo hatte es sich nicht nehmen lassen, die Autobahnabfahrt zu nehmen, die direkt ins Zentrum führte. Nun stand Schorsch zwischen dem Domplatz und der Historischen Wurstküche im Stau. Udo bereute es nicht. Durch die Abgaswolken hindurch leuchtete an klassizistischer Hausfassade ein Erinnerungsschild des Städtischen Fremdenverkehrsamtes: »Am vierten September 1786 logierte hier im Gasthof zum Weißen Lamm Johann Wolfgang von Goethe.«

»Ooch uff seiner idaliänischen Reise!« frohlockte Udo. Hinter ihnen begann es ungeduldig zu hupen, denn in seiner Begeisterung für die Dichtung der Klassik hatte der Deutschlehrer glatt übersehen, daß die Ampel auf Grün gesprungen war. Erschrocken trat er aufs Gaspedal, Schorsch machte einen jähen Sprung, stieß eine dicke, blaue Wolke aus und erreichte mit quietschenden Reifen die Donauuferstraße, der er weiter flußabwärts folgte. Nach einem guten Dutzend weiterer Staus hatten die Struutzens die Randbezirke der ehemaligen freien Reichsstadt erreicht. Fabriken und Reihenhaussiedlungen wechselten sich in schöner Regelmäßigkeit ab. Am jenseitigen Ufer schob sich hoch über der Donau ein dorischer Tempel ins Blickfeld: die Walhalla, vor über hundertfünfzig Jahren vom Bayernkönig Ludwig I. als »Ehrentempel« zum Gedenken an große Deutsche errichtet. Dort stehen die Büsten derer, die dem patriotisch gesinnten König würdig erschienen waren, den Größten des deutschen Volkes zugerechnet zu werden, und viele sind seither dazugekommen – Würdige und weniger Würdige.

Doch trotz dieses erhabenen Anblicks hatten die Struutzens in diesen Minuten andere Sorgen. Sie suchten nämlich gerade verzweifelt nach dem Walhallaweg, an dem, wie sie wußten, die bajuwarische Verwandtschaft siedelte. Nach vielen vergeblichen Fragen seiner Insassen bog Schorsch

endlich in die Zufahrt zur Reihenhaussiedlung ein. Aus der Ferne grüßte noch immer die Walhalla.
Die Rosenbeete im Vorgarten der Familie Amberger waren gepflegt, die einzelnen Stöcke perfekt zurechtgeschnitten. Auf Streichholzlänge gestutzt, standen die Halme des Zierrasens in Reih und Glied, den, so schien es, niemand je betreten durfte – vielleicht mit Ausnahme der Gartenzwerge, die in reicher Auswahl aus den Pflanzungen lugten.
Stumm vor Staunen schälten sich die Struutzens aus dem Trabi. Dreimal bewegte sich Udos Hand auf den Klingelknopf aus patinierter Bronze zu, dreimal ließ er sie eingeschüchtert wieder sinken. Zuletzt läutete Jacqueline.
Der sonore Klang des Gongs störte empfindlich den Frieden der Ambergerschen Kaffeetafel. Die Familie liebte es gar nicht, während dieser alltäglichen Zeremonie im Eiche-rustikalen Salon behelligt zu werden. Onkel Bernd riß sich von Kaffee und Sahnetorte los, wuchtete seinen wohlgenährten Leib in die Höhe und ächzte in Hausanzug und Pantoffeln zum Fenster. Tante Gerda, toupiert wie Doris Day in ihren besten Jahren, erhob sich ebenfalls, verbarg sich jedoch hinter dem Rücken ihres Gemahls. Nur Sohn Alfons schob ungerührt eine Gabel nach der anderen in den fettigen Mund. Was Onkel Bernd sah, ließ sein Blut gerinnen: »Mein Gott! Die liab'n Verwandten – die sächsischen!« japste er. Erstaunlich behende fuhr er herum und polterte in Richtung auf seine nicht minder verstörte Frau: »Dei' Schwester mit ihr'm Anhang! I hob's ja immer g'wußt! Irgendwann stehn's vor der Tür, die Sachsen! Mit am Haufa Gepäck a no. Da, schau dir's o! Vollg'stopft wie a Weißwurst! Die reinste Türkenkarawan'! Die kommen einfach daher und machen se breit bei uns ...«
»Und jetzt?« unterbrach ihn Gerda ängstlich, denn schon wieder ertönte der Türgong.

»Abrama!« befahl der Hausvater. »Weg mit der Tort'n, Alfons! Und du, Gerda, holst die Pyramid'n!«
Alfons schob sich blitzschnell noch einen Bissen Sahnetorte in den Mund, patschte den Rest auf die immer noch reich bestückte Tortenplatte – und verwahrte das nahrhafte Stilleben im Wohnzimmerschrank. Aus einem anderen Fach des geschnitzten Eichenungetüms zauberte Tante Gerda in fliegender Hast die verstaubten struutzischen Weihnachtsgeschenke der beiden letzten Jahre: zwei Weihnachtspyramiden aus dem Erzgebirge. Die Engelsflügel waren teilweise abgebrochen, die Kerzen umgekippt und aus den Halterungen gefallen. Gerda reparierte, was in der Eile zu reparieren war, und stellte die beiden Produkte erzgebirgischen Kunstgewerbefleißes dann auf den Wohnzimmertisch.
Mitten in diese Idylle hinein hallte erneut der Türgong. Die Familie Amberger versammelte sich verstört im Flur. Schnaufend entriegelte Onkel Bernd fünf Türschlösser sowie zwei Sicherheitsketten, und an ihm vorbei stürzte sich Tante Gerda in perfekter Inszenierung mit ausgebreiteten Armen auf ihre Schwester.
»Kinder!« rief sie, drückte Rita an sich und deklamierte: »Wir Sachsen, wir sin helle, das weeß die ganze Welt ...«
»Und sin wer mal nich helle, denn ham wer uns verschdellt«, beendeten Rita und Gerda den Knittelvers gemeinsam. Irgendwie schienen sie dadurch die gemeinsame Kindheit beschworen zu haben – eine Kindheit noch zu des Spitzbarts Zeiten, ehe Gerda dann »rübergemacht« hatte in den Westen. Jedenfalls schien damit der Wiedersehensschock überwunden. Gerda küßte herzhaft erst Rita, dann Jacqueline, zuletzt Udo, und Onkel Bernd und Alfons schlossen sich der Zeremonie – etwas zögerlicher – an. Sechs Personen umarmten, herzten, küßten und drück-

ten sich im viel zu kleinen Reihenhausflur. »Schön geräumsch habt ihr's hier«, ließ sich zwischendurch Jacquelines gequetschte Stimme vernehmen. Schließlich löste sich der Stau vor der Flurgarderobe auf, und man drängte ins Wohnzimmer.

Die Sachsen wurden in die gewaltige rustikale Sitzecke hineinkomplimentiert, die einen beträchtlichen Teil des Raumes einnahm, und die Bayern klemmten sich jovial dazu. Kaum hatten alle Platz gefunden, schlug Tante Gerda in gespielter Verzweiflung die Hände zusammen. »Was kann ich euch bloß anbieten, Rita?«

»Ooch, das is doch nich nödsch«, verwahrte sich die Angesprochene bescheiden.

»No ja, freilich«, dröhnte Onkel Bernd. »Wo samma denn, ha?«

Tante Gerda hatte bereits die Tür der Schrankwand geöffnet und dabei schickt die herausrutschende Tortenplatte aufgefangen. Abschätzend glitt ihr Blick über die verborgenen Köstlichkeiten. Schließlich griff sie nach einem Tütchen mit Kartoffelchips. Weihevoll wurde die geschnitzte Schranktür wieder geschlossen, und die Chips rieselten in ein winziges, nierenförmiges Partyschälchen.

»Tja ... gell? So geht's! Haha ...«, begann Onkel Bernd sichtlich vergnügt die Konversation und klatschte aufmunternd in die Hände.

Das Geräusch riß Udo jäh aus seinem hingebungsvollen Studium der Wohnzimmereinrichtung. In seinem runden Gesicht stand blankes Entsetzen angesichts dieser rustikalen Pracht, sein Schnurrbart hatte sich gesträubt. »Nu, so edwas ham wer daheeme nadürlsch nich zu goofen gegriechd«, stammelte er vorsichtig.

»Grad siebentausendachthundertfünfundneunzig Mark!« dröhnte Onkel Bernd. Mit wichtiger Miene hob er den

wurstförmigen Zeigefinger. »Inklusive Mehrwertsteuer!« Er hieb mit der flachen Hand auf die Couchlehne. »Is doch g'schenkt, net?«
Tante Gerda stellte das Schälchen mit den Kartoffelchips auf den Tisch. »Jetzt greift mal alle ordentlich zu!« ermunterte sie ihre Gäste. Suchend tastete ihr Blick über die zahlreichen Fächer der Schrankwand, und behende griff sie nach einem Obstteller mit drei runzligen, winzigen Äpfeln, den sie mit einladender Geste neben die Kartoffelchips stellte. Das reinste Schlaraffenland hier im Westen, nicht? schienen ihre Augen zu fragen.
»Nu, Gerda, das wär aber nich nödsch gewäsn!« ließ sich Rita artig vernehmen.
Udo dagegen gab sich ungeniert den Segnungen westlicher Eßkultur hin. Mit einer raschen Bewegung schüttete er den Inhalt des Nierenschälchens in seine hohle Hand, schnappte zu und verleibte sich bis auf den letzten Krümel ein, was Tante Gerda so großmütig aufgetischt hatte – bis auf den letzten Krümel? Nein! Ein paar feine Kartoffel- und Paprikapartikel waren auf der Tischdecke gelandet, was Onkel Bernd veranlaßte, aus seiner Couchecke hochzufahren, aus dem Zimmer zu hasten und blitzschnell mit einem batteriebetriebenen Tischstaubsauger zurückzukehren. Pedantisch entfernte er damit die Unreinlichkeiten, die sein Schwager angerichtet hatte.
Die drei Sachsen warfen einander vielsagende Blicke zu. Selbst Onkel Bernd schien die Peinlichkeit der Situation plötzlich bewußt zu werden. Verlegen verwahrte er den Staubsauger im Zeitschriftenständer neben dem Couchtisch und wandte sich mit listig funkelnden Äuglein der siebzehnjährigen Nichte zu: »Bist ja scho a richtig's Weiberts word'n, Tschaklin!«
Jacquelines Fingerspitze glitt in einer aufreizenden Geste

über Busen, Taille und Po. »Sechsundneunzig, achtundsechzig, sechsundneunzig!« hauchte sie provozierend.
Nun war es an Onkel Bernd und Tante Gerda, einander vielsagende Blicke zuzuwerfen. Udo schwieg peinlich berührt, und Rita funkelte ihre Tochter wütend an. Nur aus Alfons' Augen strahlte plötzlich unverhohlene Begeisterung. Er schien doch noch andere Interessen zu haben als Sahnetorten. »Äächt?« stöhnte er hingerissen.
Jacqueline war phantasievollere Kommentare gewöhnt. Dieser bayerische Cousin war ein ausgemachter Tölpel! Gelangweilt verdrehte sie die Augen und starrte zur Decke. Alfons wußte ihre Mimik wohl zu deuten und kauerte wie ein Häuflein Elend in seiner Ecke.
Onkel Bernd machte als erster Anstalten, das betretene Schweigen zu brechen: »Immer no da fleißige Deitschlehrer, Udo? Immer no auf de Spur'n vom Johann Woiferl?« fragte er und hieb Udo gönnerhaft auf den Rücken.
Der hustete, lächelte krampfhaft, fing sich aber sogleich und erwiderte: »Nadürlsch – und nun fahr'n mehr ihm nach bis nach Nääbl!« Schon hatte er das Goethe-Bändchen aus der Tasche gezogen. »Aber Schbuurn ham wa ooch schon in Rächensburg gefunden!«
»Sakklzement!« brummte Bernd anerkennend.
Udo freilich ließ sich auch durch den ihm völlig unverständlichen Ausspruch nicht irritieren und begann hingebungsvoll zu deklamieren: »Regensburg, 5. September 1786. Heute schreibe ich unter dem neunundvierzigsten Grade. Er läßt sich gut an. Der Morgen war kühl ... aber es entwickelte sich ein herrlicher, gelinder Tag. – Das Obst ist nicht sonderlich ...« Udo räusperte sich kurz und warf einen verstohlenen Blick auf die runzeligen Äpfel. »Ich sehne mich nach Trauben und Feigen!« beendete er seine Lesung aus dem Werk des Dichterfürsten.

Tante Gerda fühlte sich angesprochen und rollte die Augen, während Onkel Bernd gelangweilt auf der Couch herumrutschte. Offenbar hielten die Bajuwaren nicht soviel von des Geheimrats unsterblichen Worten. Sogleich bemühte sich Udo, den Fehler wiedergutzumachen: »Dies hat der Dichter in Rächensburg geschrieben«, erklärte er. »Im Gasthof zum Weißen Lamm!«
Sofort zeigte sich in Onkel Bernds kleinen Äuglein ein Leuchten. Wenn's um die Gastronomie ging, konnte er auch wieder mitreden. »Ha no«, sagte er versonnen, »geg'nüber vo dem Beisl hod's jiatz an Puff. Mit nackerte Chinesinna und Thai-Miezn, hähä ...«
Erneut machte sich peinliches Schweigen breit im ambergerischen Wohnzimmer. Tante Gerda schoß unter der Toupierung mörderische Blicke gegen ihren Gatten. Diesmal war Rita es, die schließlich die Situation rettete. »Nu, und du, Bernd, biste nu schon Amdmann?« erkundigte sie sich.
»Oberamtmann!« sprang Gerda ihrem Gatten bei. Was bedeuteten die nackten Chinesinnen gegenüber einem falsch zitierten deutschen Beamtentitel. »Oberamtmann!« wiederholte sie nachdrücklich, wandte sich dann ziemlich unvermittelt ihrem Sohn zu und forderte diesen auf: »Geh, Alfons, zeig doch der Jacqueline mal deinen PC, gell!«
Der verschüchterte Knabe blühte bei diesen Worten geradezu auf. Er turnte aus seiner Ecke und komplimentierte eine wenig begeisterte Jacqueline zur Tür.
»Und Bernd hat jetzt die Walhalla im Keller!« verkündete Tante Gerda – wiederum recht geheimnisvoll.
Udo starrte sie entgeistert an. Konnte es denn sein, daß der von ihm so verehrte teutsche Geist jetzt sogar schon in der Rumpelkammer der bayerischen Verwandtschaft gelandet war?

»Komm, Bernd, zeig sie dem Udo doch, die Walhalla!« insistierte Tante Gerda. Gehorsam erhob sich der schwergewichtige Oberamtmann und schob seinen Schwager an den Schultern zur Tür.
Endlich waren die Schwestern allein. »Komm mit!« forderte Gerda die Schwester auf. »Ich zeige dir meine Küche. Da wirst du staunen! Und dann mach' ich uns einen schönen Kaffee. Echten Bohnenkaffee! Keinen Blümchenkaffee wie bei euch, gell!«
Einen Stock höher saß Alfons hingebungsvoll vor seinem Computer. Der Umgang mit der vertrauten Materie gab ihm ein Gefühl der Überlegenheit über die in dieser Hinsicht ahnungslose Jacqueline, und so gab er sich plötzlich ganz selbstbewußt. »... und des is da Monitor«, erklärte er eifrig, »... und des da der Drucker ...«
Jacqueline wollte nicht unhöflich sein, beugte sich nun über den Computertisch, um pflichtbewußt Monitor sowie Drucker zu betrachten. Unweigerlich geriet dabei ihr Hinterteil in das Blickfeld des Cousins. Aufreizend leuchtete die nackte Haut durch den Schlitz in den Jeans. Doch Alfons schien es gar nicht zu bemerken. Er hatte lediglich Augen für seinen Computer. »Des da is d'Maus!« fuhr er in seinen Belehrungen fort und griff andächtig nach dem kleinen Gerät.
Jacqueline begann zu kichern. Ihr fielen bei diesem Begriff ganz andere Dinge ein.
»Mit der geht man ins Programm, so ...«, dozierte Alfons weiter, während sich Jacqueline wieder aufrichtete und einen Schritt zurückwich. Alfons drückte eine Taste, im Inneren der Maus klickte es leise, und auf dem Monitor erschien eine ganze Reihe von karteikartenartigen Bildern. »Des is's Menue«, erklärte Alfons der immer gelangweilter dreinschauenden Cousine, »und aus dem Menue kommst

dann ...« – wieder ließ er die Maus klicken – »... bapp! In a neu's Programm. So einfach is des ...«
»Aha«, seufzte Jacqueline geduldig.
»Toll, gell?« begeisterte sich Alfons. »Aber des war ja bis jetzt bloß des Vorspiel. Jiatzada komm' ma erst richtig zur Sach! Hupf'n tu ma, vo oam Programm ins andere! Brauchst bloß hintupf'n mit da Maus – und scho bist drin ...«
Mit Hingabe führte Alfons den Mauszeiger über den Bildschirm, wechselte die Programme, ließ Pull-down-Menues auf- und abrollen, rief Spiele auf und brach sie wieder ab, erklärte und erklärte – und merkte nicht, daß Jacqueline längst gegangen war und leise die Tür hinter sich geschlossen hatte.
Auch Udo trug sich mittlerweile mit Fluchtgedanken. Der Oberamtmann der Deutschen Bundesbahn hatte ihn in seinen Hobbyraum verschleppt, wo die beiden nun vor einer gewaltigen Modelleisenbahnanlage saßen. Mit kundiger Hand hatte Bernd ein gutes Dutzend Züge und eine wahre Flut automatischer Schaltungen in Gang gesetzt, die ein Gewirr an Signalen blinken und winken, Weichen ratschen, Kapellenglocken am Plastikwaldrand bimmeln, Kuhherden brüllen und Dampfmaschinen stampfen ließen. Regensburg und Umgebung lag en miniature vor Udos erstaunten Augen aufgebaut auf einer riesigen Tischplatte, und über allem thronte der Ruhmestempel zu Ehren des teutschen Geistes, die Walhalla – freilich nicht aus Marmor, sondern aus Sperrholz und Gips aufgeführt.
»Achtzehnhundertvierzge!« riß ihn Bernds mächtiges Organ aus seiner Verwunderung.
»Inklusive Mehrwertsteuer nadürlsch«, ergänzte Udo pflichtbewußt.
»Net Mark, du Depp!« wies ihn der Schwager zurecht.

»Anno achtzehnhundertvierzge ham's de Walhalla baut. Der Kini Ludwig I., woaßt. Ganz aus Marmor ...«
»Achtzehnhundertzweiundvierzschg!« stellte Udo richtig. Schließlich hatte er sich noch in Bitterfeld gründlich über die Sehenswürdigkeiten seiner Traumreise informiert.
»Is doch wurscht«, erwiderte der Bundesbahnoberamtmann generös. »Jedenfalls steht er aa irgendwo da drin, dei Goethe. Net lewentig natürlich. Aus Gips, vastehst?«
Udo fühlte das Bedürfnis aufsteigen, diesen Hals zu umklammern und zuzudrücken. Doch da zischte ein D-Zug bedrohlich nahe an seiner Nase vorbei und vertrieb derlei ganz und gar unverwandtschaftliche Regungen.
In der Einbauküche wiederum litt währenddessen Rita unter der westlichen Großmannssucht. Ihre Schwester hatte ihr bereits den Mikrowellenherd, den elektrischen Büchsenöffner, den automatischen Allesschneider, den Dunstabzug, den Infrarotgrill, den Toaster, die Tee- sowie die Kaffeemaschine vorgeführt. Nur auf den versprochenen Bohnenkaffee hatte sie angesichts all der Herrlichkeiten vergessen. Nachdem auch noch der Kurzzeitwecker einer eingehenden Inspektion unterzogen worden war und es nun partout nichts mehr vorzuzeigen gab, wechselte Gerda auf das Gebiet der Ernährung, und strahlend verkündete sie: »Makrobiotisch ist in! Das ist überhaupt das Allergrößte! Zehn Kilo hab' ich dadurch schon abgenommen. Mir paßt schon gar kein Kleid mehr, so gesund ist die Diät. Obwohl, das kannste dir schon fast gar nicht mehr leisten, so teuer ist das inzwischen geworden. Da habt ihr's im Osten doch besser gehabt. Da hat's in den Läden gleich nichts zu kaufen gegeben, gell?« Gerda lachte gönnerhaft, und Rita schämte sich entsetzlich – nicht wegen der leeren Läden in Bitterfeld, sondern für ihre Schwester.

In diesem Moment platzte Jacqueline in die Küche. »Mänsch, so'n Doofy, der Alfongs!« rief sie. »Hab' ich vielleischd 'n Knast ...«
Tante Gerda erstarb das Lob der Makrobiotik auf den Lippen. Sie stand da wie vom Donner gerührt, und auch Rita wäre vor Scham am liebsten im gefliesten Küchenfußboden versunken. Dabei mußte sie ihrer Tochter heimlich beipflichten. Daß die Fremde ihr gegenüber ihre Schwester und sie auf diese Weise mit dieser merkwürdigen Familie verwandt sein sollte, erschien ihr mit einemmal sehr befremdlich.

Die erste Nacht im Goldenen Westen

Nach etlichen Wirrungen und Mißverständnissen war es den Familien Struutz und Amberger gelungen, sich gemeinsam im winzigen, handtuchförmigen Garten hinter dem Reihenhaus vor dem Wohnwagen des Oberamtmannes zu versammeln. »Viertausendzwoahundert«, erklärte Bernd und deutete dabei stolz auf das weißlackierte, einachsige Gefährt. »Is doch g'schenkt, net?«
Diesmal verkniff sich Udo die Frage nach der Mehrwertsteuer. Bernd hätte ihn ohnehin nicht zu Wort kommen lassen. Der Oberamtmann streichelte liebevoll über die bucklige Karosse und tönte dann: »Direkt g'schenkt is des, weil: so a Wohnwag'n is die beste Kapitalanlag', die wo du dir denk'n kannst! Is doch schließlich so was wie a leerstehender Wohnraum, net? Jawoll, schlau muaß ma sei, heitzutag, schlau wia da Amberger!« Er grinste die Struutzens höchst aufgeräumt an und fuhr dann fort: »Zuerst hab i a paar Türk'n einquartiert, bloß, des san halt koane

Mensch'n, gell! Die mit ihre Sitt'n, mit ihre mohammedanisch'n! G'schissn drauf! Wie i dann den Knoblauchg'stank endlich wieder heraußen g'habt hab, hab i mir erst Aussiedler g'holt und dann ...«
Er unterbrach sich und klinkte die ächzende Wohnwagentür auf. »... Übersiedler«, vollendete er seinen Satz. Listig rieb er Daumen und Zeigefinger gegeneinander. »Fuffzg Mark pro Tag, verstehst?!«
»Inklusive Mehrwertsteuer – geschängt!« fauchte Udo.
Sein Schwager zeigte sich nur ganz kurz irritiert. »Pro Person, gell! Verstehst?« trumpfte er auf. »Und viere vo dene kannst eineschicht'n. Des san zwoahundert Cash! A schön's Geld für mi, und de andern ham a anständig's Dach überm Kopf! Man muaß doch a Herz hab'n für die, net wahr? Also hab i mir, als normal denkender Mensch, g'sagt, zeigst eahna die berühmte bajuwarische Gastfreundschaft. Und hab's direkt luxuriös unterbracht im Goldana Westen.« Er schniefte, ob der eigenen Güte gerührt, verzog dann angewidert das Gesicht und begann zu räsonieren: »Freili gibt's allerweil die Nestbeschmutzer. Die Schleimscheißer. Die Rot'n und die Journalist'n im TeVau und bei de Zeitungen. Die wissen's halt net besser! Die behaupten doch glatt, dene ging's schlecht, de Übersiedler. – Also hab i mir g'sagt: Schaust doch amal nach, wie's deine Landsleut' wirklich geht im Garten, an der frisch'n Luft. Und was glaubst ...?«
Der Oberamtmann schritt zum hinteren Teil des Wohnwagens, klappte dort ein Türchen auf und zog die Plastikbox heraus, die der Entsorgung der Toilette diente. Dieses ekelhafte Behältnis hielt er Udo und dessen blitzschnell zurückweichenden Damen unter die Nasen. »Jawoll«, schrie er, »schaut's nur in den Scheißkübel rein! Bis oben hin vollg'schissn is der! Da sag i mir doch, als normal denken-

der Mensch, wie können die Übersiedler bloß so viel scheißen, wenn s' angeblich doch überhaupt nix zum Fressen hab'n! Ha?«
Er räumte das anrüchige Behältnis mit sichtlicher Empörung wieder zurück und zwängte seine ausladende Figur durch die schmale Tür in den Wohnwagen. Die Struutzens folgten ihm mit verkniffenen Gesichtern. Doch war daran nicht allein der immer noch im Garten hängende Fäkalgeruch schuld, sondern nicht minder drängten Alfons und Gerda, die ihre Verwandten von hinten in das enge Gehäuse schoben, so daß sich die Sachsen plötzlich in die Enge getrieben fühlten.
Doch damit waren die Schrecknisse des Tages beileibe noch nicht ausgestanden. Udo und sein Anhang fanden sich in einem wahren Alptraum von bundesdeutscher Idylle wieder. Das Innere des Wohnwagens erwies sich nämlich als detailgetreue Replik des ambergerischen Wohnzimmers: die gleichen Kupferstiche, Zinnbecher und Pokale auf den altdeutschen Borden, die gleiche Motivtapete, die gleiche Sitzecke – nur alles eben ein paar Nummern kleiner und statt aus schwerem Holz und Metall aus billigem Plastikmaterial, auf Türken zugeschnitten halt oder auf Aussiedler aus Osteuropa oder Übersiedler aus der DDR.
Mit geradezu napoleonischer Geste wies der Oberamtmann auf das Luxusdomizil. »So«, ächzte er gönnerhaft gegen die Struutzens hin, »und da herin macht's es euch jetzt erst amal g'miatlich, gell! Schlaft's euch nur g'scheit aus!«
»Echt deli!« ließ sich Jacqueline aus den hinteren Regionen des Wohnwagens vernehmen. Sie hatte soeben in der Etage über dem anrüchigen Entsorgungsbehälter ihre Ruhestatt gefunden. »Ä Duschglo mit Brause über der Schüssel.«

»Du willst doch nich saach'n, daß mer mit de Fieße ...«, setzte Rita an, wurde jedoch von Alfons unterbrochen, der kurz verschwunden war und nunmehr mit einem vollen Brotzeitteller zurückkehrte. Damit drängte er sich zum Duschklo und zu Jacqueline durch, hielt die kalte Platte übers WC und sprach zur Cousine: »Da hab' i no a Betthupferl für di, gell!« Mit diesen Worten knallte er das mäßig appetitliche Betthupferl auf den WC-Deckel.
Jacqueline revanchierte sich mit einer Kußhand, wenn auch einer leicht ironischen. »Und sach deiner Maus 'n scheen Gruß von mir«, säuselte sie betont zärtlich, wobei sie sich mühsam das Lachen verkniff.
Alfons wurde heiß und kalt bei diesen Tönen. In seiner Phantasie tauchten plötzlich Vorstellungen auf, die nichts, aber auch gar nichts mit Computern zu tun hatten. Doch der Oberamtmann packte ihn derb im Genick und schob ihn hinaus. »Oiso dann, guat Nacht, Rita! Nacht, Udo! Nacht, Dirndl!« brummelte Onkel Bernd über die fleischige Schulter zurück und verschwand mit Eheweib und Sprößling Richtung Reihenhaus. Auf halbem Weg drehte er sich jedoch noch einmal um. »Mei, wißt's, des hätt' i jetzt fast vergess'n«, brüllte er zum Wohnwagen zurück. »Ihr kennt's ja den Püppi no gar net! Eigentlich is's ja die Hütt'n vom Püppi ...«
Bernd Amberger ließ einen gellenden Pfiff hören in Richtung aufs Nachbargrundstück. Gleich darauf setzte ein riesiger Bernhardiner über den Jägerzaun, galoppierte quer durch den Garten auf den Wohnwagen zu, warf Udo, der unter der Tür stand, beinahe um und verschwand im Inneren. »Gell, ja, der Püppi!« dröhnte noch einmal Bernds Organ, ehe er zufrieden in seinen eigenen vier Wänden verschwand.
Udo und Rita drückten sich ziemlich ratlos im Wohnwa-

gen gegen die Wand. Ihnen zu Füßen lag schnarchend und nach feuchtem Fell riechend Püppi. Jacqueline hatte sich ins Allerheiligste zurückgezogen; dünn hörte man den Brausestrahl ins Duschklo rieseln.

Drüben im Reihenhaus hockte Alfons bereits wieder vor seinem Computer. Als er jedoch vom Wohnwagen her jungweibliches Quietschen vernahm, hastete er nichtsdestoweniger zum Fenster. Im Fensterausschnitt des einachsigen Gefährts erblickte er Jacquelines hüllenlose Silhouette. Sie schien einen Tanz in der Kloschüssel zu vollführen, und Alfons konnte den Blick nicht von ihr lösen. Starr waren seine Augen auf diese Silhouette gerichtet, und seltsame Begierden fühlte er in sich aufsteigen. Nur wie er es anstellen sollte, sie auch zu stillen, das wußte er nicht, und auch die teuersten Computerprogramme konnten ihm hier keinen Aufschluß geben. So kroch er, als der Schatten der Schönen schließlich verschwand, enttäuscht und ratlos zurück zu seiner Elektronikwelt.

Dabei wäre Jacqueline weiß Gott eine Sünde wert gewesen. Sehr locker in ein Handtuch gehüllt, tauchte sie nun aus dem völlig überschwemmten Duschklo wieder auf: frisch, rosig, jung – einfach zum Anbeißen.

Biß zeigte in diesem Moment freilich nur Püppi. Der hatte sich nämlich den Teller mit den Wurstbroten vom Tisch geholt und leckte soeben die letzten Krümel auf. Jacqueline warf dem Bernhardiner einen strafenden Blick zu und verschwand hungrig in der winzigen Schlafkoje, die sie sich mit Rita teilen mußte. Auf der Eckcouch schnarchte schon Udo – jedoch nicht lange.

Denn kaum war es im Kabäuschen der beiden Damen still geworden, schrak dieser aus seinen süßen Träumen auf, weil ihm etwas wie ein nasser, rauher Lappen übers Gesicht gefahren war. Es war Püppi, der sich liebeheischend

über dem Deutschlehrer aus Bitterfeld aufgebaut hatte und ihm zärtlich das Gesicht leckte.
»Nu, det gann ja lusdsch werden«, grunzte Udo schlaftrunken und versuchte sich aus den Fängen des Bernhardiners zu befreien. Doch dessen Bedarf an Zuwendung war noch nicht gestillt, und außerdem hatte Udo seinen Schlafplatz eingenommen. So schnappte er nach dessen braunem Frottee-Schlafanzug und begann zu zerren.
»Is ja gud – nu määhre mal nich!« murmelte Udo nachgiebig, griff nach seiner Decke und zog sich auf den Fußboden zurück. Doch kaum hatte er sich auf der harten Unterlage ausgestreckt, war der verdammte Bernhardiner schon wieder bei ihm und mißhandelte ihn mit Zunge und Zähnen. Am liebsten hätte Udo die Bestie vergiftet, doch irgendwie war Püppi ja schließlich ebenfalls Verwandtschaft, und schließlich war man ja zu Gast. So erinnerte sich Udo des Sprichworts, daß der Klügere nachzugeben habe, raffte seine Decke um sich und floh zur Tür, während Püppi im Bewußtsein des Triumphes gravitätisch auf die Eckcouch stieg.
Noch bequemer lagen Gerda und Bernd, im eigenen Ehebett nämlich. Die Daunendecken dufteten kuschelweich und breiteten sich üppig aus, und über dem Paar hing wandfüllend und grell das in Öl gemalte Bildnis einer feurigen Zigeunerin an der Wand.
Auch Gerda schien an diesem Abend einen Hauch von deren glutvoller Weiblichkeit abbekommen zu haben. Denn sie trug ein schwarzes Spitzenneglige aus einem etwas anrüchigen Versandhaus. Dennoch war sie heute nicht auf Verführung aus, obwohl man eigentlich den Samstagabend schrieb, an dem im Hause Amberger Eheglück auf dem Stundenplan stand. Doch der Überfall aus Sachsen hatte das ansonsten sehr perfekt eingespielte Fa-

milienleben gänzlich aus der Ordnung gebracht. Infolgedessen versuchte Gerda lediglich ein Kreuzworträtsel zu lösen, während ihr Gatte hingegen ein amtlich aussehendes Brevier der Bundesbahn studierte: »Die Führungskraft im gehobenen Dienst«.
Bernds nackter Oberkörper sowie seine verwegen buntgemusterten Boxershorts paßten freilich eher zum durchsichtigen Negligé seiner Gattin als zu einer derart spröden Lektüre. Doch keiner der Eheleute wollte das Schweigen durchbrechen.
Jetzt hörte Bernd draußen im Garten eine Tür schlagen. Sofort griff er nach seiner noch halbvollen Bierflasche und schlich zum Fenster. Draußen sah er Udo im Schlafanzug und mit einer Decke unter dem Arm schlaftrunken über den Rasen wanken.
»Jo mei, wo wui denn der hin?« raunzte Bernd in Richtung seiner spitzenbesetzten Ehegattin. »Der werd mir doch net in die Rosenheck'n neibieseln!«
Mißtrauisch äugte der Oberamtmann durch die schweren Vorhänge nach draußen – doch der Sachse war weit davon entfernt, nur einem leiblichen Bedürfnis nachzugehen. Vielmehr ging er an der Rosenhecke entlang weiter bis zum Ende des Grundstücks. Währenddessen fand Bernd Zeit, einige grundsätzliche Ansichten über seinen Schwager loszuwerden: »A Depp is er, da Udo, a ganz a seltsamer. Mit dem hot dei Schwester wirklich as große Los zog'n. Da, schau 'n dir an, mit seine Patsch'n. Wenn der mit seine Pantoffel'n die ganze Sachsenbagage übern Brenner schiabt, schmor'n eam doch die Sohl'n durch! Hähä ...«
Er brach ab, denn aus der Straße hinter dem Garten waren plötzlich Geräusche zu hören, wie man sie in dieser Gegend schon lange nicht mehr gewohnt war, nämlich das

Blubbern und Dröhnen eines Zweitaktmotors. Udo hatte seinen Trabi gestartet und war hinter die Grundstückszeile neben den Wohnwagen gefahren. Dort gingen die Scheinwerfer wieder aus, und das charakteristische Getöse verstummte. Udo wickelte sich in seine Decke und machte es sich hinter dem Steuerrad bequem.
»Ja kruzifix, jiatz so eppas«, räsonierte der Oberamtmann. »Jiatz is eahm doch glatt der Wohnwag'n net guat gnua, dem Saupreiß'n, dem sächsisch'n!«
Beleidigt trank er seine Bierflasche leer, kroch ins Bett zurück und knipste grummelnd und brummelnd das Licht aus. Endlich kehrte Ruhe ein in Garten und Haus der Familie Amberger.

Trabi-Peep-Show

Das erste Wochenende im Goldenen Westen war überstanden. Die Struutzens hatten einen ganzen, langen Sonntag Onkel Bernds Prahlereien durchgehalten und waren dafür nur dürftig entschädigt worden, da Gerdas sonntäglicher Küchenaufwand – aus gegebenem Anlaß – weit hinter den üblichen Bemühungen zurückgeblieben war. Man wollte im Hause Amberger schließlich nicht riskieren, daß sich die ungebetenen Gäste länger als unbedingt erforderlich einnisteten. So sah Rita an diesem Montagmorgen ziemlich desillusioniert aus, während Jacqueline verächtlich, Udo aber entsetzlich schlapp und müde dreinblickte. Der Deutschlehrer hatte auch die zweite Nacht hinter Schorschens Steuerrad verbringen müssen, denn Püppi hatte ihm konsequent klargemacht, wer Herr war im Wohnwagen. Jetzt mußte nur noch der Abschied von der lieben Verwandtschaft gemeistert werden, dann durften die Struutzens endlich wieder fröhliche Touristen sein. Schorsch stand schon bereit: spreizbeinig und unternehmungslustig. Familie Struutz hatte bereits im ersten Morgengrauen gepackt. Jetzt war allgemeiner Aufbruch angesagt: der Oberamtmann ins Büro, die Sachsen Richtung München.

»Na, dann wünsche ich euch gute Fahrt!« tönte Gerda, morgenfrisch toupiert.

Udo löste sich mühsam von Püppi, der schon wieder an ihm schleckte und zerrte. »Danke!« erwiderte er gequält.

»Vielen, vielen Dank nochmals für alles, gelle!« fiel Rita ein.

»Tschüß«, knurrte Jacqueline bissig.

»Und wenn d' wieder vorbeikommst, Tschaklin« rief Alfons fröhlich, »dann hab i vielleicht scho wieda a neu's Computerprogramm! Des zeig' i dir dann!«

Jacqueline verschwand daraufhin fluchtartig im Trabi. Kaum weniger schnell stiegen ihre Eltern ein. »Ja, no, ha, gell!« ließ sich noch einmal der Oberamtmann vernehmen. Dann Winken hin, Winken her – und mit schaukelnder Dachlast preschte Schorsch davon. Udo hatte, um möglichst schnell wegzukommen, einen Kavaliersstart hingelegt, daß die Reifen pfiffen, und er trieb den kalten Motor zu Drehzahlen, wie er sie ihm in normaler seelischer Verfassung nie zugemutet hätte.

»Protzlöffln!« raunzte Bernd Amberger verächtlich der entschwindenden Qualmwolke nach.

Der Trabi blubberte – nun wieder in normalem Fahrstil – hinüber auf die Autobahn Regensburg–München. Noch einmal tauchte am Horizont kurz die Walhalla auf, doch Udo, Rita und Jacqueline würdigten sie keines Blickes mehr. Statt dessen packte Rita Zwieback und Büchsenfleisch aus. Denn das Frühstück im Hause Amberger war magerer als mager ausgefallen. Am Regensburger Kreuz hätte Udo um ein Haar die Abfahrt nach München verfehlt, so herzhaft sprach er den angebotenen Genüssen zu. Schließlich blieb die mäßig gastfreundliche Bischofsstadt hinter ihnen zurück, und mit glatten hundert Sachen rollte Schorsch weiter und weiter, durch die Hallertau mit ihren endlosen Reihen von zart umgrünten Hopfenstangen, dann nach Oberbayern hinein und der Hauptstadt des Freistaates entgegen, die vielfach auch als Weltstadt mit Herz bezeichnet wird. Kenner derselben hegen da freilich mitunter ihre Zweifel. Denn erstens schließen sich beide Begriffe ohnehin aus, und zweitens ziehen gerade »Modeorte« wie München auch durchaus anrüchige Gestalten an. Daß Rita auf der Höhe von Eching plötzlich die Nase rümpfte, hatte freilich ganz andere Gründe.

»Uuudo!« machte sie vorwurfsvoll und warf einen strafenden Blick auf die Hose ihres Angetrauten.

Udo begriff blitzartig, welch ungebührliches Benehmen ihm seine Eheliebste unterstellen wollte, lief feuerrot an und wehrte sich vehement: »Gwadsch! Das war geene gifdsche Bemme! Das ist der Modor ...«

Seine Ehre war damit gerettet, doch gleichzeitig begriff er, daß das Malheur ja eigentlich noch viel schlimmer war. Nervös begann sein rundes, gutmütiges Gesicht zu zukken; auf seiner Stirn bildeten sich dicke Schweißperlen.

»Nu, das war's denn wohl«, seufzte Rita fatalistisch.

In der Tat wurde Schorsch nun immer langsamer. Mächtige Qualmwolken quollen aus dem Auspuff, der Motor begann zu husten und zu spucken, und mit Mühe schaffte es Schorsch gerade noch bis zur nächsten Parkplatzausfahrt. Als Udo die Motorhaube entriegelte und hochhob, stieg ihm auch von dort eine dichte Qualmwolke entgegen.

»Gude Fahrt mit Draband!« stellte Jacqueline sarkastisch fest.
Udo ging nicht weiter darauf ein. Er hielt sich vielmehr die Nase zu und verkündete: »Das is die Zylindergopfdichdung – das riech ich!« Daraufhin ließ er die Motorhaube wieder fallen und machte sich auf den Weg zur nächsten Notrufsäule. »Hier Notruf München«, meldete sich eine ferne Stimme, als er die Sprechklappe aufhob.
»Hier Schdruudz, Bidderfeld«, erwiderte Udo.
Aus der Notrufsäule ertönte wiederum Bajuwarisches, Udo sächselte zurück, und es entspann sich ein angeregter Dialog, in dem Udo auf die Notrufsäule, die Notrufsäule auf Udo einredete, als sei zwischen Bayern und Sachsen die babylonische Sprachverwirrung ausgebrochen. Rita und Jacqueline, die inzwischen herangekommen waren, lauschten verstört dem wirren Palaver. Endlich konnte Jacqueline nicht an sich halten. »Dybisch Udo«, meckerte sie los. »Gwadschd und gwadschd eenem die Ohr'n voll. Wie'n Deejay uff Googs! Nä, där Babba, där Babba!«
Rita schüttelte den Kopf. Wo ihre Tochter nur diese Sprache herhatte? Wenn man Jacqueline an die Säule gelassen hätte, dachte sie, würde der Mann am anderen Ende gewiß überhaupt nichts mehr verstanden haben. Udo redete wenigstens noch deutsch.
»... 'n 601!« schrie dieser gerade in die Säule.
»A Porsche, ha?« schrillte es genervt zurück.
»Nee, 'n Draband!« brüllte Udo noch lauter.
Jetzt schien der andere begriffen zu haben. »Ja, du Depp, du sächsischer, warum sagst'n des net glei?« giftete die Säule und setzte hämisch hinzu: »Hoffentli ham S' a Scher' und an Papp dabei!« Es folgte höhnisches Gelächter.
Udo knallte wütend die Klappe zu, und das Gewieher verstummte schlagartig. Udo schnaufte empört, schien sich

nun seinen Damen gegenüber Luft machen zu wollen. Seine Kiefer zuckten. Rita lief voraus zum Auto, holte eine Bemme hervor und stopfte ihrem Angetrauten auf diese Weise mit geübtem Griff den Mund. Schorsch indessen qualmte noch immer beängstigend vor sich hin, und Rita sah ihn schon in hellen Flammen stehen.

Eine kleine Stunde verging. Fünf- oder sechstausend Westautos waren vorbeigedonnert, ehe endlich ein Abschleppwagen auf den Parkplatz einbog und sich vor Schorsch setzte, der bei diesem Anblick nochmals eine dünne Rauchfahne ausstieß. »GAMSHUBER« stand auf der Tür des Kleinlasters, und ihm entstieg ein dürres Männlein um die Sechzig mit verschlagenem Wieselgesicht. Es war etwas unglaublich Freches und Hinterfotziges, etwas direkt Staatszerstörerisches in den Augen dieses Mannes. Ansonsten trug er einen himmelblauen Overall. Es handelte sich um den Meister des Werkstattbetriebes, den die Notrufzentrale verständigt hatte.

»Bitterfeld?« erkundigte er sich nunmehr grinsend.

Udo, Rita und Jacqueline nickten stumm.

»Potsdam!« erklärte der Meister.

»Angenehm«, nickte Udo automatisch. Erst dann begriff er. »Een Landsmann?« Plötzlich stand wieder ein Lächeln auf seinem Gesicht.

»Balina – aba wie!« verkündete der Fahrer des Abschleppwagens.

»Bestimmd nüschd als die Zylindergopfdichdung«, stellte Udo noch einmal seine Diagnose.

Der Berliner faßte zuerst ihn, dann Schorsch scharf ins Auge, schüttelte den Kopf, saugte den stechenden Geruch, der dem Motorraum entströmte, prüfend durch die hageren Nasenflügel ein und grinste infam. »Viel schlimmer!« seufzte er mit gespieltem Mitleid.

Udo lief kreidebleich an, und mit ihm Rita und Jacqueline.
»Das ... das Herze?« flüsterte Udo.
Der Meister antwortete nicht. Er zog lediglich eine grobe Zange aus seinem Overall, bückte sich, drehte mit gekonntem Griff Schorschens rechtes Vorderrad seitlich heraus und fuhr mit der Zange tief in die Eingeweide des bedauernswerten Trabant. Es knirschte entsetzlich, dann hatte der fürchterliche Potsdamer die Unterbrecherplatte auch schon herausgerissen – gnadenlos wie ein Zahnarzt, der einen morschen Weisheitszahn extrahiert. Jetzt reichte der Folterknecht Udo die verrußte, verschmorte Platte. »Det *war* mal Ihre Zündvorrichtung – ›Verteiler‹ würde man hier sagen«, stellte er herzlos fest.
Ungläubig und entsetzt hielt Udo die verschmorte und stinkende Platte in der Hand. Das Herz von Schorsch! Wie Blut tropfte Öl herab, die Drähte hingen heraus wie durchschnittene Adern. Doch plötzlich zeigte der Kfz-Meister Gemüt. Er spürte offenbar, daß nunmehr ein paar beruhigende Erklärungen angebracht waren. »Det könnte schlimmer sin!« sagte er tröstend. »Denken Se bloß man daran, wenn der Trabant stantepede in die Luft geflogen wäre! Oder wenn Se bei einem Auffahrunfall im Nebel zwischen zwei Lastwagen geraten wären!« Er blickte beschwörend zum tiefblauen Himmel empor und wurde dann wieder dienstlich: »Der Schmierfilz ist verschmort, und das hat die Zündvorrichtung zerstört. Tja, reparieren – oder Kirchhof?«
Udo umklammerte Schorschens Herz mit beiden Händen. Er entschied spontan und nach Gefühl: »Operieren!«
Der Meister nickte verständnisvoll, als ginge es um ein Kind. »Da müssen wir nun durch!« sagte er in väterlichem Tonfall. Er betrachtete den Patienten wohlwollend und fragte: »Wie heißt er denn?«

»Schorsch«, erklärte Udo bange und hätte beinahe hinzugefügt: »Dabei isser doch noch so gleen!«
»Ein Auto ist auch nur ein Mensch«, nickte der Meister verständnisvoll. Dann schlurfte er zum Abschleppwagen und ließ die Seilwinde anlaufen.
Der Struutzens Einzug nach München gestaltete sich malerisch. Vorneweg kam der Berliner im Abschleppwagen. An dessen schräg aufragendem Kranarm hing, klein und armselig, Schorsch. Mit seinen frei in der Luft baumelnden Vorderrädern sah der Kleine aus, als wolle er Männchen machen. Nur die rührend schmalen Hinterräder durften noch übers Münchner Straßenpflaster rumpeln. Rita und Jacqueline, die der Meister in die Fahrerkabine des Abschleppwagens gebeten hatte, genossen einen beklemmenden Anblick auf Schorschens ölverschmierte Eingeweide, die in dieser unwürdigen Haltung noch kleiner und winziger aussahen als von oben. Meistens jedoch schauten sie auf Udo. Der hockte nämlich noch immer hinterm Steuer seines geliebten Plastebombers und krampfte sich am Lenkrad fest. Dabei wirkte er wie ein Kapitän, der sich bis zum letzten Atemzug weigert, sein sinkendes Schiff zu verlassen.
Von München bekam Udo auf diese Weise wenig mit. Er sah nicht Schwabing und nicht das Siegestor, nicht die Alte Pinakothek, ganz zu schweigen von der Neuen. Das Hofbräuhaus erschien ihm als schräger, schemenhafter Wischer, und das einzige, was er wirklich bewußt wahrnahm, waren andere Abschleppwagen. Die gab es in der Weltstadt mit Herz zuhauf, und es schien Udo, als mästeten sie sich gierig an den falsch geparkten oder defekten Pkws von Provinzlern, die sich aus Landshut, Wasserburg, Oberammergau – oder eben aus Sachsen – in die bayerische Metropole verirrt hatten.

Als der Abschleppwagen mit seinem himmelblauen Anhängsel endlich den Hof der Reparaturwerkstatt erreicht hatte, war Udo seekrank und litt außerdem an beginnender Genickstarre. Die jedoch löste sich allerdings schlagartig, als der Berliner an die Winde trat und Schorsch mit Schwung aufs asphaltierte Betriebsgelände knallen ließ. Dann hakte der Meister den Trabi los und schob ihn samt seinem Insassen in die Werkstatthalle hinein. Er tat dies betont lässig mit einer Hand.
Aus dem Bürohäuschen heraus beobachtete Isolde Gamshuber, die Chefin und verwitwete Inhaberin des florierenden Betriebes, den Vorgang mit mißtrauischen Augen. Das Kinn fiel ihr herunter, und ihr beachtlicher Busen wogte unwirsch, als sie der mageren Beute gewahr wurde. Erstaunlich schnell schoß sie aus ihrem Drehstuhl hoch und keifte in unverfälschtem Münchnerisch zur Werkstatthalle hinüber: »Wos wuist denn mit dem Spuizeig da? Mach liaba den BMW vom Haslinger fertig! Der bringt an Diridari!«
Der Meister zwinkerte Udo zu, der noch immer hinter Schorschens Steuer klemmte, dann brummte er begütigend zur Gamshuberin hinüber: »Ja, Spatzel, sofort, Spatzel!« Das fernseherprobte Kosewort verfehlte selbst in berlinerischer Verballhornung nicht seine Wirkung. Friedlich wandte sich die Gamshuberin wieder ihren Rechnungen zu, und ihr Potsdamer Witwentröster hatte freie Hand für den maroden Trabi.
Eine liebevolle Hand noch dazu, wie sich nun schnell herausstellte. In seiner Werkstatt hatte sich der Meister nämlich einen ganz persönlichen Freiraum geschaffen, der allein dem zweitaktenden Plastikgefährt vorbehalten war. An der Wand hing ein sorgsam gemaltes Schild, auf dem geschrieben stand: »Ein Herz für Trabis«. Über den Werk-

zeug- und Ersatzteilregalen baumelten Blumenampeln. Der Bierkasten in der Ecke bedarf keiner eigenen Erwähnung; er gehört zur Grundausstattung jeder bayerischen Werkstatt, egal ob der Meister aus München, Potsdam oder sonst woher stammt. In solch anheimelnder Atmosphäre nun machte sich der Meister der Firma Automobile Gamshuber an den schwerwiegenden Eingriff. Ein Geselle und zwei Lehrlinge standen bereit, ihm bei Bedarf zu assistieren. Hinter diesen stand Udo, verstört und gräßlich schwitzend. Jacqueline und Rita hielten sich mehr im Hintergrund. Angesichts so viel männlichen Autoverstandes kamen sie sich auf einmal entsetzlich überflüssig vor.

Der Meister begann mit einem Schraubenschlüssel an der Zündanlage zu hantieren und zog schließlich mit öligem Schmatzen ein größeres Bauteil aus dem kleinen Motorblock, das ein Fachmann als den Verteiler erkannt hätte. Nicht jedoch Udo. Der hatte sich, ehe er ausgestiegen war, schnell noch ein Buch aus Schorschens Handschuhfach geangelt, das ihm wertvoller war als selbst Goethes »Faust«, obschon es sich sprachlich weiß Gott nicht mit den Werken des Dichterfürsten messen konnte. »Trabant – wie helfe ich mir selbst« stand auf dem abgegriffenen Mappenumschlag. Mit hilfesuchendem Blick und schwitzenden Händen blätterte Udo hektisch auf der Suche nach Erkenntnis in seiner Trabi-Bibel, während der Meister einen seiner Lehrlinge mit einer knappen Anweisung ins Ersatzteillager schickte. Dieser kehrte nach kurzer Abwesenheit mit einer Schachtel in der Hand zurück, und abermals begann der Potsdamer zu hantieren.

Etwa eine Viertelstunde später wurde Udo durch einen Kernsatz des angeregt dozierenden Meisters aus seiner Bibellektüre gerissen: »Am Trabant kann man wenigstens noch erkennen, warum ein Auto überhaupt fährt ...«

Schließlich tauchten die Köpfe des Erleuchteten und seiner Adepten aus den Tiefen von Schorschens Motorraum auf. Der Potsdamer wischte sich die Hände an einem öligen Lappen ab und gab einem der Lehrlinge den Befehl, in den Trabi zu klettern und den Anlasser zu betätigen. Das Ergebnis war ohrenzerreißend: Es knallte, patschte und donnerte entsetzlich unanständig aus Schorschens dünnrohrigem Auspuff.
Die Lehrlinge, der Geselle, der Meister hielten sich die Seiten vor Lachen. An Schorschens gutmütigen Glubschaugen war zu sehen, wie peinlich ihm der Ausrutscher war, und Udo war ganz einfach gekränkt. Noch nie hatte er solche Töne von seinem geliebten Gefährt gehört. Er streckte dem Meister mit beinahe missionarischem Eifer seine zerfranste Trabi-Bibel entgegen. »Wolln Se nich lieber een Bligg ...?«
Doch der Angesprochene winkte beleidigt ab. »Det habe icke doch nich nötig«, berlinerte er los und fuhr hochdeutsch fort: »Den Trabi baue ich Ihnen mit verbundenen Augen in einer Stunde auseinander und in zweien wieder zusammen. Ich habe zwanzig Jahre lang Trabis repariert. *Nur* Trabis!«
Den Wahrheitsbeweis für diese beruhigende Feststellung trat er sogleich an. Er verstellte Schließwinkel und Zündzeitpunkt und gab dem Lehrling auf dem Fahrersitz erneut ein Zeichen. Der Anlasser trat in Aktion, Schorschens Motor sprang an und blubberte zufrieden vor sich hin, als sei nichts gewesen.
Udos Antlitz verklärte sich selig. Jubelnd kamen nun auch Rita und Jacqueline herbei. Die drei Sachsen lagen sich in den Armen, strahlten abwechselnd sich und die Plaste an, deren Motorhaube nun feierlich geschlossen wurde.
Der Meister des Autohauses Gamshuber tippte inzwi-

schen mit flinkem Finger eine Zahlenkolonne in seinen Taschenrechner ein, besah die Summe, nickte zufrieden und hielt Udo das Display triumphierend vor die Nase.
»Sechshundertundneunzehn Mark und zweeundfünfzsch Fenniche ...«, las Udo stotternd.
»Inklusive Mehrwertsteuer«, versuchte ihn der Meister zu trösten.
»Nadürlsch ...« Udo verstand die Welt nicht mehr. Soviel Geld für eine halbe Stunde Arbeit?
»Bar – oder mit Scheck?« drängte der Meister.
»B ... b ... bar«, brachte Udo mühsam heraus.
»Tja, dafür sind die Ersatzteile auch original aus Zwickau«, rechtfertigte sich der Meister. »Sachsenwerk! Erste Ware! Noch aus der guten, alten Zeit!« Er lachte. Angesichts dieser Bemerkung fand Udo den Preis noch unverschämter. Er konnte sich einfach nicht vorstellen, daß Produkte aus dem real existierenden Sozialismus plötzlich zu einem Vielfachen ihres üblichen Werts gehandelt würden. Seufzend holte er die Reisekasse aus seiner Tasche und zählte traurig die Scheine ab. Der Meister gab ihm achtundvierzig Pfennige zurück.
Im selben Moment schob sich der Kopf der Gamshuberin durch die Tür. »Da Haslinger is da!« keifte sie aufgeregt.
»Aber ja doch, Spatzel«, säuselte der Meister. »Der Haslinger ist hier – und dort drüben steht sein BMW. War ja überhaupt nix dran zu machen ...«
»Der Teufl holt di, wenns d' ihm des auf die Nas'n bind'st!« lachte die Gamshuberin. Mit schnellem Griff vereinnahmte sie Udos Scheine und verschwand wiederum in ihrem Bürohäuschen.
Ratlos und niedergeschlagen stand Familie Struutz um Schorsch herum, der dastand, als könne er kein Wässerchen trüben.

»Die Reisegasse ist hin!« seufzte Rita. »Am besten fahr'n mehr gleech wieder heeme ...«
Udo wußte nichts zu erwidern. Noch nicht mal ein Goethezitat fiel ihm in diesem Augenblick ein. Er fummelte nur traurig mit seinem Taschentuch an Schorschens Kotflügel herum, wo die Finger der Mechaniker schmutzige Abdrücke hinterlassen hatten. Allein Jacqueline schien die Sache nicht so tragisch zu nehmen. Mit einer lasziven Geste wand sie ihren Traumkörper, verschränkte die schlanken Arme im Nacken, wobei mehr von ihrem Busen hervortrat, als für die glotzenden Lehrlinge gut war, und maulte: »Immer die Monädn, die Monädn! Ich gann ja mal ne Runde piepen gähn ...«
Beide Eltern maßen sie mit einem strafenden Blick. Udo vergaß in seiner Entrüstung sogar den Flecken auf dem Kotflügel. Diese Tochter! Schmutzige Witze ausgerechnet im Moment der bittersten Niederlage!
Dem Meister allerdings schien ihre freche Bemerkung auf einen neuen Gedanken gebracht zu haben. Ein listiges Lächeln umspielte seine Lippen, als er verkündete: »Det is die Idee! Mann o Mann.«
Als er den Struutzens seine Eingebung erklärte, blieb diesen vor Verwunderung der Mund offenstehen. Doch dann dachten sie an ihre Reisekasse und fügten sich in das Unvermeidliche.
Auch die Münchner, die an diesem Tag an der Gamshuberschen Tankstelle vorbeikamen, waren baß erstaunt angesichts eines riesigen Schildes, auf dem in halbmetergroß hingesprayten Lettern zu lesen stand: »TRABI-PEEP-SHOW – DAS WAR DER WILDE OSTEN!« Darunter, etwas kleiner: »1 Minute – 5 DM«.
Die Passanten lasen, schüttelten den Kopf und gingen weiter. Doch als plötzlich ein paar stehenblieben und neugie-

rig in den Hof guckten, bildete sich im Nu ein wahrer Menschenauflauf. Wie üblich, gaben die Münchner ihre grantigen Kommentare ab, doch konnten viele das Leuchten in ihren Augen nicht verbergen. Einer, ein distinguiert wirkender, gutgekleideter Herr, hatte sich bereits ein Herz gefaßt und sich in den Trabi gesetzt. Interessiert ließ er sich von Udo die wenigen Schalter und Hebel erklären. Dann startete er den Motor, lauschte lächelnd und versonnen dem aufdringlichen Zweitaktblubbern, das so wenig mit dem sonoren Säuseln seines Sechszylinders gemeinsam hatte, wohl aber einige Jugenderinnerungen in ihm wachrief. Behutsam, als sei sie aus Glas, schloß er die klapprige Plastiktür, legte etwas ungelenk den ersten Gang ein und tuckerte nunmehr langsam und mit Genuß seine Runden über den Hof. Ein sonderbarer Glanz stand in seinen Augen, als er unmittelbar neben Udo stehenblieb und ausstieg. Ohne ein Wort zog er das Portemonnaie, nahm einen Zwanzigmarkschein heraus und warf ihn in das Plastikeimerchen, das ihm Udo zögernd entgegenhielt.
Im Hintergrund stand, breit und unübersehbar, die Betriebsinhaberin und beäugte mißtrauisch den soeben eröffneten Geschäftszweig. Dies hielt sie jedoch nicht davon ab, die Fahrzeiten Schorschens sowie seine Einspielergebnisse penibel in ihrem Notizbuch zu vermerken.
Ein sehr respektables älteres Paar näherte sich dem Trabi. Galant hielt der Herr seiner Dame die Plastetür auf, ging dann mit beschwingten Schritten um die winzige Kühlerhaube herum und begab sich hinters Steuer. Dann gab der Mann, der nach einem pensionierten höheren Beamten aussah, mit weichem Fuß Gas und kutschierte seine Frau mit nostalgisch verklärter Miene so lange um den Platz, bis dreimal fünf Mark verbraucht waren. Beim Aussteigen legte der alte Herr einen Fünfzigmarkschein in Udos Ei-

merchen. Ehrlich, wie er war, wollte Udo selbstverständlich herausgeben, doch der Oberregierungsrat im Ruhestand winkte lächelnd ab. Dann küßte er seiner Gattin liebevoll die Hand. »Haargenau wie damals, nicht, Ilse?« fragte er verzückt. Die Angesprochene wiegte ihren Kopf und lächelte sentimental. Ihr Mann streichelte währenddessen über Schorschens Kulleraugen und erklärte den Umstehenden: »Wir hatten nämlich früher, in den fünfziger Jahren, einen Lloyd, das war auch so ein lieber ...«
Ilse schwelgte weiter in romantischen Erinnerungen. Ihr Blick schweifte alpenwärts, als sie ihren Eheliebsten unterbrach: »Weißt du noch, wie wir mit ihm in die Berge gefahren sind? Rot ist er gewesen, unser Lloyd ...«
»Und deine Haare haben im Fahrtwind geflattert«, erinnerte sich der pensionierte Oberregierungsrat.
»Fritz hat er geheißen«, flüsterte Ilse versonnen. Die kurze Fahrt im Trabi hatte das alte Ehepaar in eine ausgesprochen aufgeräumte Stimmung versetzt. Galant hängte er sich im Gehen bei ihr ein, strahlte sie an und murmelte: »Am Straßenrand haben die Bauernburschen gestanden und haben dir nachgepfiffen!« In der Erinnerung drohte er spaßhaft mit dem Finger gegen die imaginären Nebenbuhler hin. »Obwohl ich doch neben dir gesessen habe und wir gerade frisch verlobt waren. Aber du hast ja eh bloß mich gewollt ...«
Die beiden lachten verschwörerisch, ganz so, als hätten sie sich noch einmal unsterblich ineinander verliebt. Langsam gingen sie davon. Der arme, kleine Trabi hatte sie noch einmal zurückversetzt in die unbeschwerte Zeit ihrer Jugend.
Auch Udo lächelte verklärt – und das nicht wegen des Fünfzigers. Seine Gedanken waren ebenfalls in die Vergangenheit zurückgewandert. Denn als es Jacqueline noch gar nicht gegeben hatte, war bereits Schorsch dagewesen.

Auch Ritas Haar hatte damals im Fahrtwind geflattert, und auch in Sachsen hatten die Burschen neidisch hinter dem Trabi hergepfiffen.
Udo schaute Rita an und legte seinen Arm um ihre Taille. Auch sie lächelte jetzt, ebenso Jacqueline. Auf der anderen Straßenseite bestieg das alte Ehepaar einen gepflegten Mercedes und fuhr davon. Doch schon näherte sich das nächste Pärchen dem Trabi, und wieder war es ein älteres Semester. So verging langsam der Nachmittag, und Udos Eimerchen füllte sich auf beinahe beängstigende Weise.
Nach ungefähr fünf Stunden aber wurde aus der nostalgischen Trabi-Peep-Show plötzlich eine fast akrobatische. Udo und Rita hatten angesichts des Andranges schließlich nicht mehr so genau darauf geachtet, wen sie an Schorschens Steuer ließen. Plötzlich riß sie Schorschs aufjaulender Motor und ein entsetzliches Reifenquietschen aus ihren Betrachtungen. Mit ächzenden Federn neigte sich Schorsch in eine viel zu eng angefahrene Kurve, brach aus, schwänzelte unter den verstörten Blicken der Struutzens in haarsträubendem Slalom über den Platz, wurde haarscharf abgefangen – aber nur, um sofort den nächsten Schleudertest absolvieren zu müssen.
»Die Mischpoke is doch wohl vom wild'n Ärich gebissn!« schrie Udo.
»Sind die denn irre?!« fiel Rita ein.
Lediglich Jacqueline behielt die Nerven. »Wenn där Schorsch bis nach Näabl fahrn soll, muß er das Geschliddere ooch durchstähn gönn'n«, erklärte sie rigoros.
Udo kam nicht mehr dazu, ihr die verdiente Zurechtweisung angedeihen zu lassen. Denn der Trabi war schon wieder im Begriff, vom eigenen Heck überholt zu werden, und pfiff dabei nur um Millimeter an einer der Zapfsäulen vorbei.

Den Leuten freilich gefiel's. Aus den Reihen, die das Gamshubersche Areal umstanden, erklang begeistertes Geklatsche und Gejohle. Die Stimmung stieg, und man fühlte sich wie auf den Rängen des heimischen Olympiastadions. Udo dagegen schwitzte Blut und Wasser. Mit wild rudernden Armen bedeutete er dem vorbeihuschenden Rallyepiloten, doch endlich anzuhalten. Doch Schorsch verschwand sogleich mit kreischenden Pneus hinter der Werkstatthalle, tauchte wenig später unverletzt wieder auf, preschte in Querschleuderfahrt auf Udo zu, drehte sich noch einmal um seine eigene Achse – und kam dann tatsächlich unversehrt zum Stehen.
Udo wäre den Insassen, die nun vergnügt ins Freie sprangen, am liebsten an die Kehle gefahren. Doch seine Hände zitterten zu sehr. So konnte er dem jungen Pärchen lediglich haßerfüllte Blicke zuwerfen.
Der gnadenlose Kamikaze-Pilot entpuppte sich als modisch-flotter Zeitgeist-Typ mit SED-Parteiabzeichen an der italienischen Lederjacke. »Geile Kiste!« strahlte er Udo entgegen. »Drei Minuten?«
»Vier!« fauchte Udo zurück und verstummte. Das SED-Emblem an der Brust dieses grünen Jünglings wollte ihn schier um den Verstand bringen. Wie konnte man bloß freiwillig ...? Aber der Kerl war eben so und so unzurechnungsfähig. Wenn es einer über sich brachte, Schorsch dermaßen zu mißhandeln, war ihm ohnehin alles zuzutrauen. Und die Tussi an seiner Seite – aufgedonnert bis zum Gehtnichtmehr. Gesindel!
»Vier«, bestätigte der Kamikaze-Fahrer achselzuckend und ließ ebenso viele Fünfmarkstücke in Udos Eimerchen fallen. »Bei euch gehen die Uhren wohl immer noch anders, was, Opa? Servus!«
Mit diesen Worten nahm er seine Blondine am Arm und

ging. Udo auch – aber in die andere Richtung. Er hatte die Nase endgültig voll und stapfte mit seinem Eimerchen wütend zum Kassenhäuschen, gefolgt von seinen Damen.
Drinnen nahm ihm Isolde Gamshuber mit raschem Griff das Eimerchen ab. Hinter dem Tresen saß der Meister in seinem blauen Overall und guckte die Struutzens erwartungsvoll an.
»Nu is aber Feierabnd!« erklärte Udo entschlossen.
»Det ist doch gut geloofen«, sagte der Meister begütigend. »In fünf Stunden ...« – er schätzte den Geldhaufen, den Isolde Gamshuber inzwischen auf die Kassentheke gekippt hatte, mit Kennermiene ab – »na, tausend Mark übern Daumen. Das verdien ich nicht bei meinem Spatzel ...«
Isolde Gamshuber warf ihrem Meister einen strafenden Blick zu, verzichtete jedoch vorläufig auf eine weitere Verfolgung seiner Unbotmäßigkeit, hatte sie doch gerade Besseres zu tun. Mit einem Blick, der keinen Widerspruch duldete, teilte sie das Geld in zwei ziemlich ungleiche Haufen. Als sie fertig war, wies sie auf den größeren Anteil und erklärte kategorisch: »De Hälft'n is für die Platzmiet'n, gell!«
Udo war ob dieser Unverschämtheit völlig verdattert. Mehrmals setzte er vergeblich zu einem Protest an. Doch Isolde Gamshuber schnitt ihm vorbeugend das Wort ab: »Ja, wos denn? A G'rechtigkeit muaß scho sei!«
Diese Art von Gerechtigkeit schien jedoch selbst dem Meister peinlich zu sein. Er hatte den Kopf zwischen die Schultern gezogen, sagte kein Wort und guckte drein wie ein geprügelter Hund. Unterdessen schickte sich Isolde Gamshuber an, den Anteil, den sie für den ihren hielt, einzuheimsen, und schloß zu diesem Zweck ihren Privattresor auf.

In diesem Augenblick kehrte freilich auch Udos Geistesgegenwart zurück. »Nu denn – halbe-halbe«, sagte er fröhlich und strich in raschem Zugriff den Anteil, den sich die geschäftstüchtige Werkstatteignerin zugedacht hatte, in seine Taschen. Und während diese noch nach Luft rang, strich sich Udo vergnügt über die prall gefüllten Hosentaschen und strahlte: »Nu hab'sch die gabidalisdische Margdwirdschafd gabiert. Gudn Dach zusamm'n!« Damit schritt er, von seinen siegesbewußten Damen gefolgt, ins Freie. Hinter dem Rücken der empörten Chefin schmunzelte der Meister.
Und selbst von draußen klang auf einmal frenetischer Applaus auf. Doch der galt leider nicht den siegreichen Struutzens, wie diese sehr schnell feststellen mußten. Entsetzt stürmten sie zurück auf den Platz. »Wahnsinn!« hauchte Jacqueline und beschrieb damit einen Seelenzustand, dem Udo und Rita in diesem Augenblick beängstigend nahe waren. Denn Schorsch war schon wieder einem Kamikaze-Piloten zum Opfer gefallen. Und, wie es schien, diesmal einem noch gefährlicheren als zuvor.
Der Mann hatte es geschafft, den Trabi auf zwei Räder zu stellen, und so balancierte er nun das arme Gefährt im Kreis herum. Jeden Augenblick mußte Schorsch auf die Seite purzeln und sich ganz fürchterlich die Plastikhaut abschürfen. Der Verrückte hinter dem Steuer grinste auch noch, während Schorsch sich jede Sekunde den Hals brechen konnte.
Die Behendigkeit, die Udo nun entwickelte, hätte ihm wohl keiner zugetraut – noch nicht einmal Rita, und die hatte ihn schließlich noch in seinen jüngeren Jahren gekannt. Der Deutschlehrer aus Bitterfeld rannte wie ein wilder, zu allem entschlossener Stier auf seinen geliebten Trabi los, packte ihn am Türgriff und stellte ihn rigoros

wieder auf seine vier Räder. Erschrocken trat der Kamikaze-Pilot auf die Bremse. Ein weiterer Spurt ums Auto, und schon hatte Udo ihn am Wickel, zerrte ihn heraus und schüttelte ihn unter wüsten sächsischen Beschimpfungen. Die Umstehenden grölten und tobten noch lauter. Es war ja auch zu schön: der zirkusreife Trabi, der wild gewordene Sachse – und dazu der Kamikaze-Fahrer, der sich freilich als völlig unscheinbares, zierliches Männchen entpuppt hatte.
Schließlich ließ Udo den Attentäter laufen. Er wollte jetzt nur noch eines: weg von hier! Er schubste Rita und Jacqueline in den Trabi, schwang sich selbst auf den Fahrersitz und brauste wie vor dem Garten der Familie Amberger mit lautstarkem Kavaliersstart davon.
Während Schorsch im Verkehrsgewühl verschwand, stand der Meister unter der Tür des Kassenhäuschens, blickte dem Trabi nicht ohne Anerkennung hinterher und brummelte zuletzt zufrieden: »Naja, det macht eben der neue Schmierfilz!«

Verführerische Haut

Dämmerung hing über München; der Sommertag schickte sich an, zur Ruhe zu gehen. Auf den Ausfallstraßen gab es die üblichen Staus. Was am Morgen hunderttausendfach eingependelt war, pendelte nun wieder zurück. Aus Schwabing zogen sich Angestellte und Studenten zurück und machten allmählich den Nachtschwärmern Platz. Hinter den Fenstern der Altbauwohnungen in der Innenstadt begannen die Mattscheiben zu flimmern: Vorabendserien, Werbung, dann die Tagesschau. Die Autos

der meisten Münchner waren inzwischen irgendwo in den viel zu engen Straßen – dicht an dicht und nicht selten auf dem Gehsteig – geparkt.
Durch den dünner gewordenen Verkehrsstrom rollte unverdrossen immer noch Schorsch. Seit ungefähr drei Stunden suchten die Struutzens ein billiges Nachtquartier. Doch billige Zimmer waren in München schon seit Menschengedenken nicht mehr zu haben. Die drei Sachsen hatten es nur leider nicht gewußt.
Udo rieb sich die Augen und gähnte. »Morgen gähd's ab nach Rom«, murmelte er.
»Jädst gähd's erst mal in die Goje!« meldete sich Rita zu Wort.
Udo wollte widersprechen. Ein Rest von Unternehmungslust war ihm trotz müder Augen, trotz Gähnen, trotz der aufreibenden Geschehnisse noch geblieben. Schließlich war man das erste Mal in München, und da sollte man doch ganz kurz Schwabing begucken, die berühmte Leopoldstraße ...
Doch Rita ließ ihn wieder mal gar nicht erst zu Wort kommen. Sie schob ihm kurz entschlossen eine Bemme zwischen die Zähne, wandte sich zu ihrer Tochter um und fragte: »Du ooch, Jacqui?«
»Ich esse ärst, wenn mer in Idaljen sind«, verwahrte sich Jacqueline gegen das bröselige Ansinnen. Dann steckte sie sich demonstrativ einen Finger in den Mund, zog ihn wieder heraus und setzte hinzu: »Sach mir lieber, wo wir heute nachd penn'n gönn'n!«
Rita blickte erwartungsvoll auf Udo. Der kaute umständlich, schluckte mehrfach und erwiderte endlich: »Bänsion Sachsenruh!«
»Bänsion Sachsenruh? Was soll'n das sein?« fragte Jacqueline erstaunt.

Rita zuckte mit den Achseln. Auch sie hatte keine Ahnung, was ihr Göttergatte damit meinte.
Der Himmel über München war inzwischen nachtschwarz geworden. Unverdrossen rollte Schorsch weiter – einfach immer der Nase nach, bis plötzlich das Rauschen eines Flusses zu hören war und der Trabi Kies unter den Rädern spürte. Nunmehr trat Udo auf die Bremse, stellte den Motor ab und war unmittelbar darauf erschöpft hinter dem Steuerrad eingeschlafen.
Als die Sonne am nächsten Morgen durch den leichten Dunst drang, beleuchtete sie ein ungewöhnliches Bild. Friedlich plätscherte die Isar unter der Brücke dahin. Ein paar Vögel zwitscherten am Strand. Weidenbüsche ließen ihre Zweige über das grüne Wasser hängen. Und inmitten dieser bukolischen Idylle stand, aufreizend himmelblau, Schorsch. Über seinem Lenkrad hing ein heftig schnarchender Udo. Rita und Jacqueline teilten sich schwesterlich Beifahrersitz und Rückbank. Auf der Suche nach der besten Liegeposition hatten sie sich im Lauf der Nacht gegenseitig die Füße unter die Nasen geschoben.
Es war in der Tat die allerschönste Ferienstimmung, bis plötzlich eine Frisbeescheibe durch das halboffene Fenster des Trabis zischte, Udo einen scharfen Scheitel zog und dann auf Ritas Busen zur Ruhe kam. Die Schmerzens- und Schreckensschreie der Eltern weckten auch Jacqueline. Mit übernächtigten, verquollenen Augen versuchten sich alle drei zu orientieren. Da erschien das Gesicht eines jungen, etwa achtzehnjährigen Burschen im Fensterrahmen.
»Heut' fliegen die Ufos wieder ganz schön tief, gell?« erklärte der Frisbeewerfer grinsend.
Jacqueline pflückte das Ufo vom Leib ihrer Mutter und reichte es wieder nach draußen. »Wahrscheinlich wird's nicht bleiben, das schöne Wetter«, meinte der Frisbeewer-

fer leichthin. »Regnen wird's. Ist doch immer so, wenn man es sich einmal leistet, daß man im Büro blaumacht ...« Damit wandte er sich ab und ging.
Verblüfft schaute Jacqueline dem Burschen nach, und ebenso verblüfft guckten Rita und Udo. Denn jetzt, da er sich vom Wagenfenster entfernte, bemerkten sie erst, daß er keine Badehose trug. Plötzlich waren die drei hellwach – obwohl sie in der »Pension Sachsenruh« äußerst unbequem geschlafen hatten. Denn der Anblick, der sich an dieser Stelle des Isarufers bot, sprengte ihre an die spießbürgerlichen sozialistischen Moralvorstellungen gewöhnte Vorstellungskraft. Nicht nur der Frisbeewerfer lief ganz und gar hüllenlos herum. Überall lagen die Nackten, auf Decken, Handtüchern und Luftmatratzen. Überall Nackte, ungeniert, mitten in der Stadt, unter einer hohen Brücke, über die jetzt eine Straßenbahn quietschte, der Autoverkehr brauste, die Fußgänger hasteten. Ein paar Spanner hingen über der Brüstung und taxierten mit anzüglichen Bemerkungen die dargebotenen körperlichen Reize. Wahrlich, es schien die Struutzens aus Bitterfeld nach Sodom und Gomorrha verschlagen zu haben.
Udo verließ ächzend den Trabi, schlüpfte in seine Patschen und dehnte auf dem Isarkies die von der unbequemen Nacht verspannten Glieder. »Mich lausd där Ärich!« stieß er hervor, als er der Masse der Hüllenlosen gewahr wurde, von denen die meisten weiblichen Geschlechts waren. Sofort ließ er den Bizeps schwellen und zog den Bauch ein.
Jacqueline und Rita verzichteten auf derartiges Imponiergehabe – das sie im Gegensatz zu dem um die Leibesmitte deutlich gerundeten Udo, auch gar nicht nötig hatten. Vielmehr gingen sie ganz unbefangen zum Fluß, um sich in den grünen Fluten zu waschen. In ihrem gerippten Badeanzug aus dem Bitterfelder HO wirkte Rita allerdings ein

bißchen deplaziert in der Nudistenkolonie. Jacqueline dagegen zog bewundernde Blicke auf sich, obwohl sie züchtig bekleidet war. Doch in ihrem bunten T-Shirt sah sie weit reizvoller aus als manche der hüllenlosen Grazien.
Die Damen bespritzten sich vorsichtig mit dem beißend kalten Gebirgswasser. Udo indessen dachte, nachdem er seine Freiübungen beendet hatte, erst einmal an die Bedürfnisse von Schorsch. Er zerrte einen schweren Benzinkanister aus dem Kofferraum, öffnete die Motorhaube und prüfte mit dem Plaste-Meßstab den Benzinstand im Tank. Dort drinnen herrschte unübersehbar Ebbe. Nur noch ein Liter. Die Trabi-Peep-Show sowie die endlose Suche nach einem Nachtquartier hatten eben ihren Tribut gefordert. Sorgfältig, als mixe er einen edlen Cocktail, goß Udo ein paar Dosen Öl ins Benzin, mischte lang und heftig und stillte dann Schorschens Durst. Noch während das Gemisch in den Tank gluckerte, kamen zwei hübsche Mädchen dahergeschlendert. Sie blickten suchend in die Runde und breiteten dann ihre Handtücher direkt vor Schorschens arglosen Kulleraugen aus. Dann begannen sie sich ganz ungeniert zu entblättern. Ganz so, als gäbe es Schorsch und Udo überhaupt nicht.
Schorsch schien sich nervös zu verschlucken, während Udo krampfhaft wegschaute – oder wenigstens so tat. Das blonde Mädchen öffnete soeben den BH, wobei sie ununterbrochen auf die dunkelhaarige Freundin einredete, die bereits gar nichts mehr am makellosen Körper trug. Im Mundwinkel der Blonden hing eine unangezündete Zigarette.
In letzter Sekunde setzte Udo den Benzinkanister ab. Um ein Haar wäre der Tank übergelaufen. Drüben, am Wasser, fuhren sich Rita und Jacqueline mit dem Waschlappen verschämt unter ihre Textilien. Udo verschloß den Tank,

klappte die Motorhaube zu und polierte noch ein wenig an Schorschens Flanken herum – doch immer so, daß er die beiden reizenden Mädchen nicht aus dem Blickfeld verlor. Schließlich zog sich Udo hinter die geöffnete Fahrertür des Trabis zurück, verhängte mit einem Handtuch die Scheibe und schickte sich an, sich hinter diesem provisorischen Paravent anzukleiden. So fühlte er sich vor den Versuchungen ringsum einigermaßen geschützt. Doch er konnte ihnen trotzdem nicht entgehen ...

»Hast du mal Feuer?« säuselte es in seinem Rücken. Udo schrak zusammen, als habe man ihn bei einer Unanständigkeit ertappt. Hinter ihm stand die Blonde, die unangezündete Zigarette im Mundwinkel. »N ... n ... eee«, machte Udo. Sein Mund stand offen, und er nickte, als wolle er sich selbst Lügen strafen.

Das nackte Mädchen schaute ungeniert an Udos weiten Unterhosen vorbei ins Innere des Trabis. »Kein Zigarettenanzünder?« Neugierig musterte sie das Armaturenbrett. Dabei kam sie Udo, der kraftlos auf dem Fahrersitz zusammengesunken war, ganz nahe, aufreizend nahe. Doch einen Zigarettenanzünder entdeckte sie trotzdem nicht. Am Armaturenbrett gab es eben nur den kleinen, runden Tachometer. »Schade!« seufzte die Blondine leichthin, wand sich aus dem Trabi und ging. Zuvor hatte sie Schorsch und Udo noch einen mitleidigen Blick zugeworfen. Udo blickte ihr unsicher nach. So übersah er völlig, daß Rita und Jacqueline von ihrem Morgenausflug zurückgekehrt waren.

Rita musterte zuerst die Blonde, dann Udo mit gerunzelter Stirn. »Was is hier gewäsn?« fragte sie spitz.

»Ich hab een'n steifen ...«, setzte der verdatterte Udo an.

»Was?« schnaubte Rita empört und warf ihrem Angetrauten einen fürchterlichen Blick zu.

»Een'n steifen Hals!« rechtfertigte sich Udo im letzten Moment. »Das Genigge – völlsch verrenggt.«
»Heute nacht, ja«, fragte Rita sarkastisch. »Freilich«, nickte Udo zaghaft.
Jacquelines helles Auflachen ließ ihn verstummen.
»Nachdgälde!« biß Rita. Dann schubste sie ihren Göttergatten auf den Beifahrersitz. »Bewäch dich rüber! Ich fahre ...«
Grummelnd und ächzend, um seinen steifen Hals bemüht, nahm Udo Platz. Hinter ihm saß eine kichernde und feixende Jacqueline. Rita startete den Motor, zog Schorsch in eine wilde Kehre und gab Vollgas. Der Isarkies spritzte nach allen Seiten weg, und die Nudistenkolonie verschwand hinter einer blauen Qualmwolke. Das blonde Mädchen fluchte den Sachsen hinterher. Rita registrierte es im Rückspiegel mit Genugtuung und lächelte plötzlich engelssüß.
Wieder war Schorsch dem Münchner Innenstadtverkehr rettungslos ausgeliefert. Unter Ritas Regie schien er sich sogar noch hektischer als am Vortag zu benehmen. Das lag nicht unbedingt an Ritas weiblichen Fahrkünsten, sondern eher daran, daß im Plastebomber ein fundamentaler Streit ausgebrochen war.
Udo guckte nervös auf die Uhr. Auf seinem Schoß lag der zerfledderte Goethe. »Was wolld ihr denn nu auch noch im Kaufhaus?« zeterte der Deutschlehrer.
Jacqueline auf dem Rücksitz stellte ihre Schminkversuche endgültig ein. »Mama braucht een Badeanzuch!« erklärte sie kategorisch. »Mit ihr'm ollen gann se doch nur noch im Schdummfilm uffdrädn. Oder willste, daß deine Gaddin in Idaljen naggsch am Strande rumläuft?«
»Naggsch? Das gommt mir ja überhaubd nich in de Diede!« verwahrte sich Udo. »Aber ...«

Er verstummte jäh und unfreiwillig. Denn Jacqueline hatte ihm nach gutem Brauch den Mund mit einer Bemme gestopft. Doch auch dieses Genusses wurde er nicht froh; Rita brachte Schorsch mit quietschenden Reifen zum Stehen. Udo wurde nach vorn gerissen, verschluckte sich an der Bemme und verrenkte sich gleich noch einmal den Hals, während Jacqueline mit einem dicken Lippenstiftstrich mitten im Gesicht wütend auf ihre Mutter starrte. Doch noch ehe sie etwas sagen konnte, fuhr Rita rasant wieder an; Udo und Jacqueline wurden vehement nach hinten geschleudert und schwiegen in stummer Verzweiflung.

»Da is en Bargblatz!« rief Udo nach einer Weile.

»Wo?« fragte Rita.

»Zu spät«, zuckte Udo die Achseln. »Fahr zu ...«

»Und nu bin ich wieder schuld!« jammerte Rita.

»Nu, wenn de nich guggen ganst«, fauchte Udo, deutete aber gleichzeitig aufgeregt nach links. »Dorte is noch een Bargblatz ...«

Rita drehte den Kopf in die angegebene Richtung – und schon krachte es apokalyptisch. Gleichzeitig verdunkelte sich der Himmel. Abrupt war Schorsch zum Stehen gekommen. Vorsichtig zog Jacqueline ihre Nase aus dem Schminktopf und strich die in ihrem Gesicht klebenden Massen sorgsam wieder in das Gefäß zurück. Rita war leichenblaß. Udos Hals hatte wohl endgültig den Rest bekommen – und Schorsch?

Schorsch schien nur noch zur Hälfte vorhanden. Direkt vor der Frontscheibe ragte die Rückwand des riesigen Lasters auf, unter dem Schorschens Vorderteil vollständig verschwunden war.

Die Ampel weiter vorne stand immer noch auf Rot. Ein paar Passanten lachten oder guckten mitleidig. Die Struut-

zens quälten sich mit weichen Knien aus dem Plastikgehäuse und starrten mit Tränen in den Augen auf ihren waidwunden Trabi. Weltuntergangsstimmung lag über der Kreuzung. Italien ade! Totalschaden!
Während die Sachsen noch den Verlust ihres Lieblings beweinten, sprang die Ampel an der Kreuzung auf Grün. Der Laster setzte sich röhrend wieder in Bewegung. Offenbar hatte der Fahrer den kleinen Mückenstich noch nicht einmal bemerkt. Um Schorsch herum kurvten hupend die anderen Autos, und es war tatsächlich noch der ganze Schorsch! Zum Glück war ihm nichts Nennenswertes passiert. Der Kleine hatte die Schnauze einfach unter die Ladebrücke des Großen geschoben, und das so gut wie ohne Tuchfühlung. Der Lohn der Bescheidenheit! Lediglich Schorschens Stoßstange hatte einen Knick. Sonst kein Kratzer.
»Nu mähre mal nich!« rief Rita ihrem Mann zu, der noch immer nicht hingucken wollte. »Es is ja überhaubd nüschd bassierd!«
»Was? Nüschd bassierd?« Jetzt riskierte Udo doch einen vorsichtigen Blick.
»Pfff ... die Schdoßschdange«, äußerte Jacqueline gelangweilt.
Langsam bekam Udo wieder Oberwasser. »'n Audo ohne Schdoßschdange is wie'n Mänsch ohne Neese!« wies er, fast schon wieder oberlehrerhaft, seine Damen zurecht. Dann bückte er sich und hob die nur noch an einem dünnen Holm hängende Stoßstange vorsichtig hoch, um zu prüfen, ob sie sich vielleicht doch wieder an Ort und Stelle bringen ließ. Dies war denn doch vergebliche Liebesmüh.
Während sich das Verkehrschaos rings um Schorsch eher noch verdichtete, fragte Udo vorwurfsvoll: »Wo griech ich nu 'ne neue här?«

Die Frage war auf Rita gezielt, doch an deren Stelle antwortete Jacqueline: »'ne Bappneese? Nu, vom Schroddbladz!«
Udo überlegte nur kurz, dann hatte er sich entschieden. »Gud«, sagte er. »Schorsch und ich fahr'n zum Schroddbladz. Ihr beede gönnt ins Kaufhaus gähn.« Er tippte auf das Zifferblatt seiner Armbanduhr. »Aber büngdlich um dreie dreff'n mer uns wieder am Schdachus.« Strafend blickte er Rita an. »Und du, Mama, gommsd mer bis Näabl nich mehr ans Schdeuer!«
Mit diesen Worten ließ Udo seine Damen stehen, stieg ein und fuhr los. Über den Asphalt schepperte die lose Stoßstange. Der Verkehrsstau löste sich langsam auf. Jacqueline und Rita blickten der blauen Abgaswolke nach, bis sie nicht mehr zu sehen war. Dann trat ein anderer Ausdruck in ihre Augen, eine Mischung aus Begierde und drohendem Kaufrausch, und sie machten sich auf die Suche nach dem nächsten Kaufhaus.
Das Gesuchte fand sich bereits in einer nahen Querstraße. Es sah jedoch teuer aus, und so verwarfen sie es – wie sie im Verlauf der nächsten halben Stunde ein halbes Dutzend weiterer Konsumtempel verwarfen; zu teuer, zu spießig, zu altbacken. Endlich entdeckte Jacqueline in der achten Schaufensterflucht eine Kollektion gewagter Badeanzüge, die lässig auf halbnackte Schaufensterpuppen drapiert waren.
»Das isses!« verkündete die Siebzehnjährige und zerrte ihre Mutter kurz entschlossen zum Eingang.
Wenig später stand Rita verschämt vor dem großen Spiegel in der Umkleidekabine. Von draußen war über der Schwingtür lediglich ihre etwas unmodische Dauerwellenfrisur zu sehen. Doch im Inneren knisterte es erotisch. Rita steckte jetzt in einem raffinierten Badeanzug, der auf-

regend zwischen Aubergine und Lila changierte. Um die Brust herum war er sehr großzügig ausgeschnitten, und der dünne Stoff umschloß ihre attraktive Figur so eng, daß er mehr enthüllte als verbarg. Rita musterte sich und das verführerische Teil lange. Zuletzt rief sie nach draußen: »Nee, Schaggeline, das is doch unmäglisch! Das is doch völlsch värriggd!«

Jacqueline stellte sich auf die Zehenspitzen und spähte neugierig in die Kabine. Was sie sah, entlockte ihr ein entzücktes Quietschen. »Lieber värriggd als von gäsdern!« erklärte sie kategorisch. »Absolud deli, Rita! Där blangge Wahnsinn! Wenn de damit ins Wasser steigsd, gocht die Riviera!«

Zwei einigermaßen auffällige Herren im Hawaii-Design, die in der Nähe an einer provisorischen Theke ihre Cocktails aus Kokosnußschalen schlürften, wurden aufmerksam. Der eine, verschwenderisch dekoriert mit Goldkettchen, Siegelringen sowie einer brillantenbesetzten Rolex, lüftete blasiert seine dunkle Spiegelsonnenbrille. Er zwinkerte seinem Kumpel zu: Nicht schlecht, was, die Kleine?

Aus der Umkleidekabine tönte es: »Sündhafd deuer isser ooch! Wänn ich ihn nähme, sind meine Nodgrosch'n für Idaljen wech ...«

»Oooch, so'n bißchen Sünde gönnde Udo ganz gut begomm'n«, insistierte Jacqueline hartnäckig. »Außerdäm war sein oller Goedhe ooch geen Gosdverächder!«

Solch klassische Argumente gaben in der Familie Struutz stets den Ausschlag. »Nuja, vielleichd haste rechd«, erwiderte Rita kichernd. Langsam und fast ein wenig narzißtisch, streifte sie sich das sündhafte Textil vom Leib und schlüpfte wieder in ihre biedere Baumwollwäsche. Als sie sich fertig angekleidet hatte, kam sie aus dem Kabäuschen und blickte sich suchend nach der nächsten Kasse um.

Dabei geriet sie in den Kurs einer voluminösen Münchnerin älteren Semesters, die stur wie ein Schlachtschiff heranrauschte. Sie schien die zierliche Sächsin gar nicht zu bemerken und rempelte diese einfach aus dem Weg, um, ohne sich auch nur umzusehen, in der nächsten Abteilung zu verschwinden. Rita hatte bei dem Zusammenprall den Badeanzug verloren. Sie bückte sich, um das gute Stück in Sicherheit zu bringen. Doch eine resolute Verkäuferin kam ihr zuvor. Sie griff sich den Badeanzug vor Ritas ausgestreckten Händen, warf dieser dabei einen kurzen, verächtlichen Blick zu und machte Anstalten, das Textil wieder im Ständer zu verwahren. Dabei schimpfte sie in unverfälschtem Münchnerisch: »Erst alles o'glanga mit eanane drekkad'n Pratz'n, daß alles speckig wird, und dann nix nehma! Des ham mir gern, des san die Richtig'n!« Und um Rita mit der ganzen Schwere ihres Vergehens zu konfrontieren, fauchte sie: »Des is fei a echte Seide, gell! Original aus Paris!«

»Aus Baris?« lachte Rita verächtlich. »Nä, där is von drieben!« In der Kabine hatte sie das Etikett bereits aufmerksam studiert. »Chämiefaserwerk ›Neue Wolle‹! Und däswäschn nähm ich'n nu ooch!«

Die Verkäuferin starrte Rita mit offenem Mund an. Jetzt mußte man sich schon von den Rübergemachten dumm anreden lassen! Brüsk drehte sie sich um und marschierte mit dem Badeanzug in Richtung Kasse davon. Rita folgte ihr mit triumphierendem Lächeln, während Jacqueline neugierig bei den übervollen Kleiderständern zurückblieb. Der schmale Reiseetat sah für sie selbst keine Neuanschaffung vor. Doch ein bißchen gucken und wühlen durfte sie ja allemal.

Die beiden zwielichtigen Gestalten an der Bar fixierten die Siebzehnjährige, die allmählich immer näher kam, mit wachsendem Interesse. Der Rolex-Träger musterte Jacqueline abschätzend wie ein Stück Schlachtvieh und flüsterte seinem Kumpanen zu: »Die Kleine kommt aus Sachsen! Das kann ich bis hier herüber riechen! Zucker, net wahr? Also, da hab' ich eine ausgesprochene Witterung dafür. Hab' ja auch schon einen ganzen Haufen von denen vernascht. Ja, ja, in Sachsen, wo die schönen Madeln wachsen! Also, hör her, ich wett' mit dir um einen Blauen, daß die aus Sachsen ist.« Er streckte seinem Freund auffordernd die Hand entgegen. Der andere schlug nach kurzem Zögern ein. Schließlich ging es sowieso nur um Klimpergeld.

»He, du!« rief der mit der Rolex zu Jacqueline hinüber.

Die Siebzehnjährige fuhr herum, lächelte ein wenig verlegen und deutete mit dem schmalen Zeigefinger auf sich selbst. Einem kleinen Flirt schien sie offenbar durchaus nicht abgeneigt zu sein. Doch der mit der Rolex wollte sich nicht lange mit Vorgeplänkel aufhalten. »Magst einen Bananenshake?« fragte er plump.

Jacquelines Lächeln erstarb. Immer noch die alten arroganten Witze – obwohl es auch zu Hause längst schon Bananen zu kaufen gab. Sie schüttelte den Kopf und wandte sich wieder den Kleiderständern zu.

Doch der Kerl gab nicht auf. »Bist aus München?« wollte er jetzt wissen.

»Nee, aus Bitterfeld«, antwortete Jacqueline beiläufig, trat nun aber näher an die Bar heran.

Die beiden Burschen guckten sich fragend an. Geographie war offensichtlich nicht ihre Stärke. »Bitterfeld bei Leipzsch«, erklärte Jacqueline.

Der mit der Rolex hieb seinem Kumpanen johlend auf die Schulter. »Gewonnen! Her mit der Kohle!«

Der andere zückte lässig seine Brieftasche und schob mit säuerlichem Lächeln einen Blauen über die Theke. Jacque-

line schaute entgeistert zu. »Soll det 'n Witz sein, oder wa?« entschlüpfte es ihr.
Die Kerle lachten dröhnend. »Geschäft ist Geschäft!« verkündete der mit der Rolex von oben herab. Gleichzeitig entdeckte er den verführerischen Schlitz in Jacquelines Jeans. Zwinkernd stieß er seinen Kumpel in die Seite. »Kruzitürken! Jetzt laufen die Sachsenmädel bei uns schon ganz ungeniert als Sparschweindl herum!« Ehe sie es sich versah, fuhr er herum, versetzte Jacqueline mit der einen Hand einen saftigen Klaps auf den Po und stopfte ihr mit der anderen den Hundertmarkschein in den Riß ihrer verschlissenen Jeans. Sein Freund bog sich bei diesem Anblick vor Lachen.
Verblüfft und schamrot stand Jacqueline da, stand und fischte den Geldschein wieder aus der Hose. Im Hintergrund tauchte nun Rita auf, winkte mit der Einkaufstasche und rief: »Schaggeline, gomm! Där Babba wartet!«
Doch schnell fand Jacqueline ihr altes Selbstbewußtsein wieder. Sie trat ganz nah an den Rolex-Träger heran und stopfte ihm verächtlich den zerknüllten Geldschein in die Gesäßtasche seiner engen Jeans, aus der ein Kamm herauslugte. Und dabei zischte sie ihm schnippisch zu: »Geen Haar am Sagg – aber schon'n Gamm in der Dasche, wa?«
Dem Angesprochenen quollen schier die Augen aus den Höhlen. Er schnappte nach Luft, suchte nach einer Erwiderung. Doch Jacqueline ließ ihn einfach stehen und kehrte zu Rita zurück. Die beiden hakten sich unter und verließen kichernd das Kaufhaus. In der Hand schlenkerte Rita die Tüte mit dem neuen Badeanzug.
»Da wird der Udo aber Oogen machen!« prophezeite Jacqueline.
»Ach, där Babba«, erwiderte Rita. »Wo wird er jetze bloß steggen?«

Das Attentat

Auf einem Schrottplatz steckte der Babba, wo sonst? Höchst beklemmend empfand er das Gefühl, dem Goldenen Westen in dieser Form auf die ungeschminkte und entsprechend häßliche Kehrseite zu blicken. Jetzt zog Schorsch mit schepperndem Kotflügel Suchrunden. Angesichts der himmelhohen Blechberge schwitzte Udo Blut und Wasser. Sein Hütchen war bereits so durchweicht, daß er es resigniert auf den Beifahrersitz geworfen hatte. Und rund um Schorsch und Udo türmten sich die Autowracks. Scheinbar bis zum Horizont nichts als zerknautschtes Blech, zersplitterte Scheiben, ausgeblutete Motoren. Wer wie Udo aus einer Mangelgesellschaft kam, konnte nur schwer begreifen, mit welcher Unerbittlichkeit hier Werte vernichtet wurden, die man jenseits des früheren »Eisernen Vorhangs« mit Hingabe gesammelt, repariert und weiterverwendet hätte.
Udo sah entsetzt einen Kran, der in seiner Stahlkralle eine riesige Eisenkugel schwang. Die Bombe knallte gegen einen großen, äußerlich gut erhaltenen Volvo und verwandelte ihn mit drei schmetternden Hieben in ein handliches Päckchen Blech. Udo dachte unwillkürlich an die Werbesprüche des schwedischen Autokonzerns – Sicherheit aus Schwedenstahl. Nun, solchen Urgewalten hielt wohl nicht einmal der berühmte Schwedenstahl stand.
Der Kranführer lächelte strahlend auf sein Zerstörungswerk hinunter, und Udo grinste zurück, wenn auch so säuerlich, als hätte er plötzlich Zahnschmerzen bekommen. Schnell wandte er sich ab, und wieder schweifte sein Blick über die Blechberge. Er erblickte die demolierten Überreste von Fabrikaten aus aller Herren Länder – doch leider

keinen einzigen Trabi. Doch unverdrossen fuhr er weiter, fuhr und fuhr – und dann tauchte es vor ihm auf, das Schlaraffenland des Trabipiloten: der Trabifriedhof. Übereinander, nebeneinander, allerorten: Trabis, Trabis, Trabis. Ein bunter Plastehaufen. Und mitten in diesem Paradies machte sich ein Mann in einem blauen Overall an etwas zu schaffen, das wie ein Zündverteiler aussah. Udo brachte Schorsch mit einem harten Tritt auf die Bremse zum Stehen. Er kletterte aus der Plastikkarosse und rannte auf den Kerl im Overall zu.

»Gudn Dach, äh …«, begann er.

Der andere reagierte nicht und zeigte ihm lediglich verächtlich den blaufaltigen Rücken.

»Grieß Godd!« versuchte Udo es nun auf bayerisch – oder dem, was er darunter verstand. »Gann mer sich hier alleene bedien'n?«

Jetzt drehte sich der Mann um. Udo fielen beinahe die Augen aus dem Kopf. Es war nämlich der Meister des Autohauses Gamshuber, der Potsdamer, der schnoddrige Kerl, der für seine Chefin die Arbeit machte und ihr wohl auch bisweilen das Bett wärmte. Unter den BMWs und den Motorhauben armer kleiner Trabis mochte der Berliner ja frech wie Oskar sein. Jetzt aber wirkte er äußerst peinlich berührt. Er war nämlich gerade im Begriff, die »Zündvorrichtung«, die er einem uralten Trabant entnommen hatte, in eine Original-Plastiktüte der Sachsenwerke Zwickau zu verpacken – als garantiert neuwertiges Ersatzteil. Und im Umdrehen hatte er festgestellt, daß Udo ihn dabei beobachtet hatte.

Im ersten Moment war der Deutschlehrer aus Bitterfeld völlig perplex. Doch dann bemerkte er bissig: »Ooch nee! Original Zwiggau Saggsenwärge, wa?!«

Der Meister faßte sich erstaunlich schnell. »Wie ick Ihnen

doch saachte – originaler geht dette gar nicht! – Was brauchen Se denn heute?«
Udo lachte. Die Chuzpe des Spree-Atheners konnte beinahe schon sächsisch genannt werden. »Ne original Schdoßschdange«, erklärte er.
Der Meister nickte, blickte scharf in die Runde und hatte auch sogleich einen Trabi mit intakter Stoßstange entdeckt. Hinschreiten und das Teil mit einem trockenen Tritt von den Holmen holen war eins. Erleichtert lächelnd reichte der Potsdamer Udo das knallrote Kleinod. Der registrierte pikiert die respektlose Art und Weise, mit der man hier offensichtlich mit Schorsch und seinesgleichen umzugehen pflegte. Gleichzeitig aber hielt er die Stoßstange wie einen Schatz fest und zückte seine Geldbörse.
Doch der Meister zeigte, wie zuzeiten schon auf dem Gamshuberschen Areal, Herz und winkte ab. »Nee, lassen Sie det mal.« Er nickte gönnerhaft und wandte sich wieder seiner Arbeit zu. Der nächste Trabi wartete schon, um nach brauchbaren Resten – aus Alt mach Neu – durchgesehen zu werden.
Udo konnte dem Potsdamer deswegen nicht mehr böse sein. Mit seiner neuen Stoßstange unterm Arm kehrte er vergnügt zu Schorsch zurück – und erstarrte zur Salzsäule. Denn Schorsch war nicht mehr da, war einfach verschwunden, als hätte er sich in Luft aufgelöst. Udos Blicke irrten gehetzt nach links, nach rechts. Aber auch auf diese Weise konnte er keine Spur mehr von seinem geliebten Freund entdecken.
Plötzlich jedoch huschte ein riesiger Schatten über sein Haupt hinweg. Das Herz von bangem Ahnen beschwert, blickte Udo nach oben. Und tatsächlich: da hing Schorsch an der Kralle eines Krans – und schwebte der bewußten Eisenkugel in der Kralle eines zweiten Krans entgegen. Nur

noch Sekunden konnte es dauern, bis der Trabi den Weg des Volvos von vorhin gehen würde. Nur würde sich dieses Zerstörungswerk unter beträchtlicher Splitterwirkung vollziehen.

»Schooorsch!!!« brüllte Udo aus Leibeskräften.

In seinem Rücken öffnete sich die Tür einer Baubude, während das Attentat auf den Trabi scheinbar unaufhaltsam seiner mörderischen Vollendung zustrebte. Aus der Baubude kam ein Arbeiter mit einem roten Bulldoggengesicht. In der linken Hand hielt er eine angebissene Wurst, in der rechten eine geöffnete Flasche Bier. »Ha? Wos is denn?« raunzte er.

Udo deutete mit zitternder Hand nach oben. »Mein Auddo!« ächzte er. In seinen Augen, in seiner Stimme: die allertiefste Verzweiflung.

Der Arbeiter richtete seinen verquollenen Blick in Richtung auf den seinem endgültigen Untergang entgegenschwebenden Trabi aus. Nur Sekunden konnte es jetzt noch dauern, bis Schorsch sein Leben unter der Eisenkugel aushauchte. Dann, eine einzige, winzige Sekunde vor dem endgültigen Armageddon, legte der Arbeiter zwei Finger auf die Zunge und ließ einen gellenden Pfiff ertönen. Prompt öffnete sich ein kleines Fenster hoch oben am Führerstand des Krans, der Schorsch in seinen Klauen hatte.

»Brotzeit!« brüllte der Arbeiter zu seinem Kollegen hinauf. Dann biß er wiederum kräftig in seine Wurst und ging gemächlich, mit vollen Backen kauend, in seine Baubude zurück.

Der Kranarm war urplötzlich zum Stehen gekommen. Das Zauberwort des Vorarbeiters hatte Wunder gewirkt. Der Kranführer öffnete die Tür zu seinem Führerstand und schickte sich an, die ersehnte Arbeitspause anzutreten. Es kostete Udo einige Überzeugungskraft, ihn dazu zu bewe-

gen, den Trabi wieder auf den Boden zu setzen, ehe er sich seiner Mahlzeit zuwandte.
Auf dem mit Schrotteilen übersäten Erdboden führte Udo unterdessen eine Art Veitstanz aus. Schwitzend und mit wildem Gebrüll versuchte er den Kranführer so zu dirigieren, daß Schorsch einigermaßen sanft wieder auf die Räder kam. Der Arbeiter freilich dachte nur noch an die Brotzeit und schenkte dem Plastepiloten keine Beachtung. Er ließ den Trabi nach unten sausen, was die Seiltrommel hergab; Udo sah sein geliebtes Gefährt bereits beim Aufprall zerschellen. Doch gerade einen Meter über dem Erdboden bremste der Kranführer die rasende Fahrt, öffnete jäh die eiserne Kralle und ließ Schorsch auf die Erde plumpsen. Der landete entsetzlich hart. Er spreizte die vier Rädchen beängstigend weit ab, krächzte ächzend wieder hoch und kam zuletzt wild nachfedernd zum Stehen. Schon war Udo bei ihm und bewillkommnete ihn wie einen verlorenen Sohn. Mit seinem Taschentuch wischte er die Spuren der Kralle fort. Dann machte er sich über den Dachgepäckträger her und bog, Tränen in den Augen, eine lädierte Haltestange wieder gerade.
Neben den beiden tauchte nun der Kranführer auf. »Ja, wos is des denn? Des Glump fahrt noch?« brummte er Udo an. »Hätten S' des net glei sagen könna? – Und überhaupts, des is a Schrottplatz und koa Parkplatz, gell!«
Mit diesen Worten verschwand er in der Baubude, wo die Weißwürste und das Bier warteten. Udo wienerte unterdessen weiter an seinem Trabi herum und redete ihm dabei liebevoll zu: »Du mußd gar nich uff den här'n, wa! Was där über dich gesaachd had. Vielleichd biste ja nu wirglsch een bißchen in die Jahre gegomm'n, aber da gannste doch nüschd dafür! Wo de doch immer nur geloofen und geloofen bisd! Nich, Schorschi ...«

Mit diesen Worten verstaute Udo die neue rote Stoßstange im Innern Schorschens und startete dann. Montieren wollte er das gute Stück nämlich lieber nicht auf eigene Faust.
Mit Ritas und Jacquelines Hilfe würde es auf jeden Fall leichter gehen. Außerdem fühlte er, daß er des Trostes seiner Damen bedurfte. Also stürzten Udo und sein Trabi sich wieder ins Münchner Verkehrsgewühl, um den Stachus und dort ihre Lieben zu suchen.

Trabi-Witze

*M*it der neuen Stoßstange rollte Schorsch nun wieder unverdrossen dahin. Wunderschön blau und rot sah er jetzt aus. Am Horizont grüßten bereits die ersten Berge. Udo, obwohl nach all den Aufregungen mit überreizten Nerven, zitierte frohen Mutes aus seinem geliebten Goethe. Zuvor hatte er erleichtert »München« auf seinem Reiseplan durchgestrichen.
Ins Zweitakterblubbern hinein erklang es: »Nun soll es gerade auf Innsbruck. Was laß ich nicht alles rechts und links liegen, um den einen Gedanken auszuführen.« Tatsächlich wurde nun, nachdem man die triste Münchener Schotterebene hinter sich gelassen hatte, die Landschaft zusehends reizvoller. Die sanften Hügel der Vorberge, die gepflegten Dörfer um die charakteristischen Zwiebeltürme – all das war geeignet, Ferienstimmung zu verbreiten.
Zusätzlich schien der Geheimrat auch über gewisse prophetische Fähigkeiten verfügt zu haben – zumindest was den »einen Gedanken« anging. Denn kaum war das Zitat verklungen, dröhnte ein schwerer Autotransporter an

Schorsch vorbei und ließ ihn mit links rechts liegen – auch das ganz so, wie Goethe gedichtet hatte. Der Fernfahrer grinste triumphierend auf den tief unter ihm dahinkeuchenden Trabi herab. Dann zwinkerte er Udos beiden Damen leutselig zu. Jacqueline zwinkerte recht aufgeschlossen zurück.

Der Fernfahrer war durch diesen Blick der Siebzehnjährigen so hingerissen, daß er – obwohl der Überholvorgang in wenigen Sekunden abgeschlossen gewesen wäre – den Fuß vom Gaspedal nahm. Seite an Seite fuhren der Laster und der Trabi jetzt dahin. Der Kapitän der Landstraße und Jacqueline zwinkerten einander immer noch zu. Die anderen freilich, die hinter Schorsch und seinem riesigen Begleiter herbummelten, fanden das »Elefantenrennen« nicht ganz so lustig. Der Rückstau wurde immer länger, das Hupkonzert immer lauter. Da handelte Udo. Von dem, was sich zwischen seiner Tochter und dem Fernfahrer abspielte, hatte er ohnehin nichts mitbekommen. Er sah nur die riesigen Räder neben sich, fühlte sich herausgefordert und gab Vollgas. Der Trabi wurde deswegen zwar nicht wesentlich schneller, aber sein Blubbern nahm jetzt das schrille Geräusch einer überhitzten Motorsäge an. Alles setzte Udo auf eine Karte, wollte den Kampf bis aufs Messer gegen das vorwitzige Riesenbaby an seiner Seite.

Dessen Pilot erwies sich zuletzt denn als der Klügere, der nachgibt. Noch einmal zwinkerte er Jacqueline verschwörerisch zu, dann nahm er das Gas für ein paar Sekunden weg. Der Autotransporter fiel zurück, scherte im Windschatten Schorschens wieder ein, und Udo freute sich wie ein Kind über seinen und Schorschens Triumph. Während nun die anderen Wagen wie Geschosse an ihnen vorbeirauschten, erklärte der Deutschlehrer im Vollgefühl seines Sieges: »Nu, däm hab ich's aber gägäb'n, nich?!«

Kaum hatte er dies ausgesprochen, griff er mit schmerzhaft verzerrtem Gesicht unter seinen Sicherheitsgurt und rieb sich den Bauch: »Oooch härrjäh! Nu is mir die Offrägung ä bissel uff de Gedärme geschlach'n!«

Und nunmehr war es Udo, der auf die Bremse trat und schleunigst in die Auffahrt eines Rasthofes einbog. Als habe er es sich in letzter Sekunde überlegt, folgte der Fernfahrer Schorschens Spur.

Udo parkte, stieg aus und rannte zum Toilettengebäude – sozusagen alles in einem Bewegungsablauf. Rita und Jacqueline schälten sich bedeutend langsamer und koketter aus dem Plastekabäuschen. Dann räkelten sie sich aufreizend und schickten sich an, sich ein wenig die Beine zu vertreten. Doch sie kamen nicht dazu. Neben ihnen lächelte der freundliche Fernfahrer durchs heruntergekurbelte Fenster seines riesigen Autotransporters. Man sah ihm an, daß er seinen Entschluß, die Fahrt ebenfalls kurz zu unterbrechen, keineswegs bereute.

»Na, wo soll's denn hingehen?« erkundigte er sich jetzt bei den beiden sächsischen Schönheiten.

»Nach Näabl!« verkündete Rita stolz.

»Mit der Nuckelpinne?« staunte der Fernfahrer. »Die rollt euch doch am Brenner rückwärts wieder runter – noch dazu mit dem ganzen Gepäck! Wißt ihr was? Ich nehme euch einfach huckepack. Zwischen all den anderen Autos da hinten fällt eure Karre doch überhaupt nicht auf!«

Der Kapitän der Landstraße lachte jovial, Rita und Jacqueline guckten zunächst zweifelnd, fielen aber dann begeistert ein.

»Mänsch, da schbarn mer ja die Maudgebühr'n!« rief Rita vergnügt.

»Und gönn'n uns endlich mal Schbageddi Bollonäse und Bizza gönn'n!« stimmte ihr Jacqueline zu.

»Wenn där Babba mal nich wieder alles in Schorsch invesdierd«, dämpfte Rita den Optimismus ihrer Tochter.
Der Fernfahrer hatte inzwischen den dankbar rastenden Schorsch bestiegen und war rückwärts an seinen Hänger herangefahren. Jetzt fuhr er den Trabi auf die Rampe, befestigte ihn und kehrte strahlend zu den beiden Sächsinnen zurück. »Alles klar!« verkündete er. »Jetzt fehlt nur noch der Rennfahrer ...«
»Nu äb'n, wo bleibd'n där Babba bloß wieder so lange?« lamentierte Rita.
»So färdsch, wie där is, isser wahrscheinlich beim Pinkeln eingepennt«, vermutete ihre Tochter – und sie hatte damit den Nagel beinahe auf den Kopf getroffen.
Udo nämlich hatte gelinde Schwierigkeiten mit der High-Tech-Bedürfnisanstalt, in die er in seiner Not geraten war. Letztere hatte inzwischen ein klein wenig nachgelassen, so daß Udo Muße hatte, die Wunderwelt ein wenig näher zu betrachten. Mit staunenden Augen trat er vor ein blendend weiß schimmerndes Urinal. Plötzlich spritzte es mörderisch aus der Wand. Der Deutschlehrer hatte die Lichtschranke unterbrochen und so die Spülung ausgelöst. Udo, der so etwas noch nie erlebt hatte, fuhr erschrocken zurück. Wie bei einer bösen Tat ertappt, drehte er sich um. Doch niemand hatte gesehen, was er angestellt hatte. Ein wenig mutiger trat Udo vor das nächste Wandbecken – die gleiche schreckenerregende Erscheinung. Ratlos stand der Deutschlehrer da, allmählich leichte Panik in den gutmütigen braunen Augen.
In seinem Rücken öffnete sich eine Toilettentür. Ein Mann trat heraus. Udo reagierte blitzschnell. Daß man Geld dafür bezahlen mußte, war gelegentlich auch in Sachsen üblich. Doch Udos erster Versuch schlug fehl. Die Toilettentür schnappte hart vor ihm ins Münzschloß. »Einwurf

50 Pfennige«, las Udo. Doch seine Hosentaschen waren leider leer. Rita verwaltete die Reisekasse seit München. Der innere Drang des Deutschlehrers kehrte in diesem Augenblick ärger als je zuvor wieder. Udo fühlte sich wie ein Gehetzter auf feindlichem Terrain. In letzter Sekunde öffnete sich eine andere Toilettentür. Udo rannte den Heraustretenden beinahe um und schaffte es tatsächlich, auch ohne die fünfzig Pfennige hineinzukommen. Der andere, der sich bereits erleichtert hatte, schüttelte den Kopf. Nicht mal beim Sch... war man heutzutage vor Irren sicher.

Auf der Toilette hatte sich inzwischen eine Gruppe von Fernfahrern versammelt. Einer spülte sich die Füße im Waschbecken. Die anderen alberten herum. Dann verspürte auch einer von ihnen ein menschliches Bedürfnis. Er ging zu der Reihe der Türen hinüber. Und stolperte über ein paar Beine, die ausgestreckt und lang in den Gang ragten. Hinter der verschlossenen Tür war ein röhrendes Schnarchen zu hören.

Der Fernfahrer war früher einmal Stabsunteroffizier bei der Bundeswehr gewesen, und an die seinerzeitigen Bräuche erinnerte er sich jetzt. »Nachtruhe beenden! Fertigmachen zum Frühsport!« brüllte er im Kommandoton gegen die sandalenbewehrten Latschen los. Er bückte sich und begann jetzt auch noch zu zerren. In der Toilette rutschte und polterte etwas auf den Boden. Eine Stimme begann in reinem Sächsisch verschlafen zu fluchen. Dann trat Udo verdattert, sich die Augen reibend, aus der Tür.

»So sind sie, die Sachsen!« spottete der Landstraßenkapitän, der noch immer einen Fuß im Waschbecken hatte. »Überall müssen sie sich jetzt schon breitmachen!«

Udo floh aus dem Gebäude, so schnell er konnte. Wenigstens war jetzt sein Bauchgrimmen weg, und ganz so müde war er auch nicht mehr.

Draußen, auf dem Parkplatz, erwartete Udo der nächste Schock: Schorsch war schon wieder einmal verschwunden. Dabei gab es in der Umgebung doch überhaupt keinen Kran! Udo begann hastig auf dem Parkplatz herumzurennen. Endlich entdeckte er den Trabi auf dem Anhänger des Autotransporters. Udos Pupillen weiteten sich wütend. Er dachte an all die Geschichten, die er über Italien und die Mafia dort gehört hatte. Jetzt hatten sie sich offenbar auch schon auf das Klauen von Trabis in Oberbayern verlegt. »Aber nich mid mir!« brüllte Udo und spurtete los. Er machte einen gewaltigen Satz auf das Trittbrett des Lkws, riß die Fahrertür auf – und packte den Fernfahrer an der Kehle. »Du bist wohl vom wild'n Ärich gebiss'n, wa?«
Es war Rita, die den Frieden wiederherstellte. Jacqueline konnte nicht eingreifen. Die hatte es sich zwischenzeitlich in der Koje der Kabine bequem gemacht. Rita hingegen hielt den Fernfahrer, dessen muskulöser Arm schon zum Schlag ausgeholt hatte, zurück: »Nich! Das is där Babba!«
Notgedrungen ließ Udo den »Mafioso« los. Wenn der sich schon mit seinen Damen verbündet hatte ...
»Steig ein!« sagte der Fernfahrer versöhnlich. Verblüfft und willenlos gehorchte Udo. Während der Autotransporter vom Parkplatz donnerte, klärten Rita und Jacqueline den Babba über die wahren Zusammenhänge auf. Udo grummelte noch ein wenig, dann gab er sich geschlagen. Denn neidvoll stellte er fest, daß sie mit dem Laster letztlich doch schneller vorwärts kamen als mit Schorsch. Diese Überlegung gestattete sich Udo jedoch nur ganz am Rande. Viel überzeugender war für ihn das heimliche Argument, daß Schorsch sich ja auch mal eine Ruhepause verdient hatte. Schließlich war es ein weiter Weg von Bitterfeld bis Oberbayern gewesen, und der Trabi hatte dabei einige arge Schläge einstecken müssen.

Denn schlafe ma scheen, murmelte Udo im Geiste – und dann machte er es sich auch selbst auf dem Beifahrersitz so bequem wie möglich. Es ging ganz gut, denn Rita war nach hinten zu Jacqueline in die Koje geklettert. Mit Schorsch und den drei Sachsen an Bord donnerte der Autotransporter in die wunderschöne Kulisse der südbayerischen Bergwelt hinein.

Etwa eine Stunde später wurde am Horizont der erste Zweieinhalbtausender sichtbar. Wenigstens in der Theorie. Denn keiner der drei Sachsen bekam den hehren Gipfel zu Gesicht. Rita und Jacqueline hatte sich in der Schlafkoje eng aneinander gekuschelt und schliefen den Schlaf der Gerechten. Udo kauerte noch immer auf dem Beifahrersitz. Seine Müdigkeit lastete auf ihm wie Blei, und nur mit äußerster Mühe konnte er die Augen offenhalten.

In sein Schlafbedürfnis hinein rief der Kapitän der Landstraße unvermittelt: »Was ist paradox?« Und gab sich sofort selbst die Antwort: »Wenn ein begeisterter Trabi-Fahrer ausruft: Der ist nicht von Pappe!« Der Lkw-Fahrer hieb aufs Lenkrad und wieherte vor Lachen. In der Koje hinten jammerten Jacqueline und Rita im Schlaf auf. Auch Udo hatte den Witz gar nicht so komisch gefunden.

Doch der Fernfahrer ließ nicht locker: »Was ist der Unterschied zwischen einem Trabi und einem Kaugummi?«

Udo gähnte wie ein Löwe und murmelte dann: »Es gibd geen'n. Wenn de draufladschsd, kläben beede am Schuh.« Innerlich kam sich der Deutschlehrer ob dieses Verrats wie ein Judas vor. Doch er hatte eingesehen, daß er wohl oder übel bei dem schnöden Spiel mitmachen mußte.

Der Fernfahrer hingegen schien sich schon lange nicht mehr so gut amüsiert zu haben. Er hieb Udo auf die Schulter und legte schon wieder los: »Wie kann man den Wert eines Trabis verdoppeln?«

»Indäm man ihn volldangd«, murmelte Udo.
Der Fernfahrer quietschte vor Vergnügen. Er hatte vor lauter Lachen Tränen in den Augen. Udo auch – aber eher vor Scham. Hilfesuchend guckte er sich nach seiner besseren Hälfte in der Koje um. Der Fernfahrer bemerkte es, senkte die Stimme, zwinkerte listig mit den Augen und fragte: »Und was hat ein Trabi mit einem Kondom gemeinsam?«
Udo mußte passen. Schweinkram war noch nie seine Sache gewesen.
»Beede behindern dän Vergähr«, kam es vergnügt aus Ritas Mund von hinten. Sie und Jacqueline prusteten hemmungslos heraus, und auch der Fernfahrer krümmte sich vor Lachen über sein riesiges Lenkrad. Nur Udo war diese unglaubliche Obszönität aus Ritas Mund so in die Glieder gefahren, daß er sich verschluckte und jämmerlich zu husten begann.
Während Udo noch immer mit seinem Husten kämpfte, donnerte der Autotransporter über die Europabrücke hinter Innsbruck. Von der zauberhaften, uralten Hauptstadt des Landes Tirol mit ihren vielen Sehenswürdigkeiten sahen sie nichts. Die Stadt verschwand rechts der Autobahn im Dunst. Kurz darauf kam die österreichisch-italienische Grenze in Sicht. Ein Fernfahrerstreik fand an diesem Tag glücklicherweise nicht statt, und auch die Zöllner versahen ihren Dienst. Der Experte in Trabi-Witzen bezahlte die Mautgebühr und unterschlug dabei Schorsch – der nach seinem Dafürhalten ohnehin nicht ins Gewicht fiel –, dann ging es weiter Richtung Süden. Abwärts jetzt, die Südflanke der Alpen hinunter. Winzige Gebirgsdörfer krallten sich an die steilen Abhänge. Sie mochten vor zweihundert Jahren schon genauso ausgesehen haben. In dieser Abgeschiedenheit abseits der Touristenströme war die Zeit stehengeblieben.

Links und rechts zogen Berge mit berühmten Namen vorbei. Für fast jeden dieser berühmten Gipfel war irgendwann zumindest ein Volkslied gedichtet worden. Viele der Lieder dieses Landes handeln auch von dem Freiheitshelden Andreas Hofer, der Anfang des letzten Jahrhunderts mit seiner Bergbauernarmee den Heeren Napoleons und des Königs von Bayern manch böse Schlappe beigebracht hatte. Oft steht auch der noch heute sagenumwobene Erzherzog Johann im Mittelpunkt, ein etwas aus der Art geschlagener Habsburger, der sich unter seinen Tiroler Bauern am wohlsten fühlte.
Udo hatte sich die japanische Kamera gegriffen und versuchte, all die Herrlichkeiten dieser Landschaft auf den Kleinbildfilm zu bannen, doch der Laster holperte allzu unberechenbar über die Autobahn, die trotz Mautgebühren arg uneben war. Als Sterzing in Sicht war, gab Udo auf – der Bocksprünge des Lastwagens wegen, aber auch wegen der Flut unsäglicher Trabi-Witze, die nach wie vor auf ihn einstürmte.
Jetzt wußte der Fernfahrer gerade wieder einen ganz tollen: »Ein Trabi landet im Straßengraben neben einem Kuhfladen. Fragt der Kuhfladen: Was bist denn du für einer? Antwortet der Trabi: Ich bin ein Auto. Der Kuhfladen lacht und erwidert: Wenn du ein Auto bist ...«
»... bin ich 'ne Bizza!« beendete Udo die Quälerei. Wieder brüllte der Fernfahrer vor Lachen.
Hinten war Jacqueline erneut aus ihrem Halbschlaf aufgeschreckt. »Bizza, wo dänn? Wa?« maunzte sie. Daraufhin erschien auch auf Udos kummerverknittertem Antlitz die Andeutung eines Lächelns.
Zu beiden Seiten dieses Lächelns tauchte in diesem Augenblick je eine Burg auf. Die beiden Festungen, die den Brennerausgang bei Sterzing seit Jahrhunderten beschützten.

Wer sie besaß, hatte den Schlüssel nach Italien in der Hand. Denn für die schwerfälligen Heere und Handelszüge früherer Zeiten gab es keinen anderen Alpenübergang, der gangbar gewesen wäre. So zahlte und zahlt der Reisende an dieser Stelle einst wie heute: vormals den Wegzoll, heute die Maut – denn schon wieder wurde die Fahrt des Autotransporters durch eine jener charakteristischen Straßensperren gebremst, die auf italienischen Autobahnen zum Alptraum werden. Der Trabiwitz-Experte zahlte, und weiter ging's. Nach einiger Zeit durchfuhr der Laster eine langgezogene Kurve. Es war die erste italienische Kurve nach der Sprachgrenze bei der Salurner Klause. Udo nahm es andachtsvoll zur Kenntnis. Rita und Jacqueline eher im Halbschlaf. Und Italien oder nicht: der Fernfahrer traktierte Udo weiter unbarmherzig mit Trabi-Witzen. Unermüdlich zeigte er sich da, und das bis kurz vor Rovereto. Erst dort kam dann die Erlösung. Schorsch durfte von der Rampe rollen, um endlich wieder auf seinen eigenen vier Rädern zu stehen. Der Fernfahrer winkte seinen Sachsen noch einmal zu: »Guten Rutsch noch!« rief er zurück. »Und immer der Nase nach. Alle Straßen führen nach Rom. Auch die über die Pampa. Und die sind frei. Keine Mautstelle, soweit das Auge reicht!« Dann brüllte der Diesel auf, das schwere Gefährt rollte zurück auf die Autobahn, wurde kleiner und kleiner und war bald verschwunden.

Ein wenig verloren standen die drei Sachsen neben ihrem Trabi unter strahlendem italienischem Himmel. »Und sähn mer uns nich mähr in dieser Wäld, dann sähn mer uns in Bidderfeld«, rezitierte Rita.

Udo streichelte liebevoll die Flanke des Plastebombers. »Hundertundachdzähn Drabi-Witze, Schorsch«, murmelte er. »Bloß gud, daß de geene Ohr'n hasd!« Dann

klemmte er sich selbst wieder hinters Steuerrad. Auch Rita und Jacqueline wanden sich auf ihre Plätze.
Rita fischte die »Italienische Reise« aus dem Handschuhkasten und las laut vor: »Achter September 1786. Brenner. Die Postillone fuhren, daß einem Hören und Sehen verging, und so leid es mir tat, diese herrlichen Gegenden wie im Fluge zu durchreisen, so freute es mich doch innerlich, daß ein günstiger Wind hinter mir herblies und mich meinen Wünschen zujagte.«
Es war jedoch kein günstiger Wind, der hinter Schorsch herblies. Statt dessen pustete er selbst eine dicke, blaue Abgasfahne aus seinem dünnen Auspuffrohr. Doch das machte den Struutzens gar nichts aus. Hauptsache, sie fuhren endlich durch Italien.

Schaukelspiele

Irgendwo hinter dem einen oder anderen Berg mußte der Gardasee liegen. Zumindest deuteten die Wegweise jetzt gehäuft darauf hin. Die Struutzens freilich hatten im Moment andere Sorgen. Viel zu steil für Schorsch führte die Straße bergauf. Udo schaltete zurück, bis ihm die Gänge ausgingen. Aber selbst im ersten Gang wurde der überladene Trabi immer langsamer. Diese Wahnsinnssteigung schien er beim besten Willen nicht mehr schaffen zu können. Dafür war er nicht geschaffen. Steigungen wie diese gab's nicht im einstigen Trabi-Land. Die Drehzahl des Motors fiel beängstigend ab. Ein paar Meter noch – dann würde es brenzlig werden.
Hinter Schorsch her krochen zwei junge Italiener in einem schnittigen Alfa Romeo Cabrio. Überholen war unmög-

lich. Die Kurven viel zu unübersichtlich, immer wieder Gegenverkehr. Ärgerlich begann der junge Mann am Steuer zu hupen. Nervös und schrill tönte die Dreiklangfanfare – bis Jacqueline sich zu ihm und seinem Beifahrer umdrehte. Mit einem Schlag verstummte das ohrenzerreißende Instrument, und die beiden begannen frenetisch zu winken. Jacqueline lächelte ihnen unendlich süß zu. Selbst Udos tadelnder Blick im Rückspiegel konnte sie davon nicht abhalten.
Dann ging plötzlich ein Ruck durch Schorsch und seine Insassen. Genau in dem Moment, in dem er vor Entkräftung in die Knie gehen wollte, war es, als habe jemand einen Turbolader eingeschaltet, und mühelos zog der Trabi die Steigung empor. Udo wollte schon eine Hymne auf die Leistung des Zweitakters anstimmen, da sah er im Rückspiegel, daß der Sportwagen den Trabi kurzerhand auf die Hörner genommen hatte und nunmehr PS-Hilfe gab.
Wieder einmal quietschte Jacqueline vor Vergnügen und feuerte die beiden Italiener zwischen ihren Koffern, Tüten und Kanistern heraus mit aufmunternden Gesten an. Aufgemuntert über alle Maßen fühlte sich dadurch der Beifahrer im Cabrio. Grinsend turnte er über die Windschutzscheibe nach vorne auf die Kühlerhaube, balancierte bis zum Heckfenster Schorschens und klopfte an. Jacqueline war beeindruckt: Deli, dieser Italiener! Der Flirt zwischen ihm und ihr war sehenswert, und er zog sich hin, bis das merkwürdige Gespann die Bergkuppe erreicht hatte. Dann allerdings gewann Schorsch wieder Eigenfahrt und tuckerte, einen tief verdrossenen Udo am Steuer, unter Blubbern und Auspuffpatschen talwärts.
Der artistische Italiener schwang sich wieder ins Innere des Cabrios. Dessen Fahrer sah nunmehr eine Chance zum Überholen. Der Sportwagen schoß mit röhrendem Dop-

pelauspuff an Schorsch vorbei und verabschiedete sich mit einem klangvollen Hupkonzert.
Kaum war er außer Sicht gekommen, bremste Udo bei der nächsten Parkbucht scharf ab, stoppte den Trabi, stieg aus und untersuchte bangen Blickes Schorschens hintere Stoßstange. Doch er fand nicht einmal einen Kratzer. Sehr gekonnt und behutsam war der automobilistische Annäherungsversuch der beiden jungen Italiener gewesen, sehr sanft hatten sich die dicken Kunststoffstoßfänger des Alfa an Schorschens dünne Stoßstange geschmiegt. So blieb Udo nichts weiter als ein verbaler Ausfall übrig: »Die sin ja wohl vom wild'n Ärich gäbiss'n«, räsonierte er. »Diese Laggaffen, diese Mafjosi, diese Babba .. Babba ... Babbarazzi ...!«
Auch Rita und Jacqueline waren inzwischen ausgestiegen. Doch sie achteten überhaupt nicht auf Udos Schimpfkanonade. Vielmehr genossen sie in vollen Zügen die Szenerie, die sich nun vor ihnen auftat: romantische Bergflanken, Pinien, Zypressen – und tief unten im Tal der Gardasee. Es gab ihn also doch, auch wenn er sich hinter dermaßen steilen Straßen versteckte, daß ein Trabi sie auf eigene Faust gar nicht bezwingen konnte.
Wie ein Juwel lag der See da, und bei seinem Anblick beruhigte sich nun auch Udo allmählich wieder. Doch nicht nur das wunderschöne Panorama trug zu seiner seelischen Genesung bei, sondern auch die Ruhe, die himmlische Ruhe ringsum. Tief sog Udo die Luft ein, immer wieder, dann flüsterte er hingerissen: »Endlich ooch ich in Argadjen!« Schnupperte noch einmal und setzte hinzu: »Das hier schdäht so richdsch gut im Safde ...«
Rita und Jacqueline nickten langsam. Der Babba hatte ja so recht! »Geene Gohle, geene Asche, geen Schdaub«, murmelte Jacqueline. »Nüschd. Überhaubd nüschd!«

Rita hatte feuchte Augen. Und dann fiel ihr der Vergleich aller Vergleiche ein. »Es is ä bissel wie am Nauendorfer Sää«, sagte sie versonnen. Die sächsische Heimat trug sie eben auch in Italien noch tief in ihrem Herzen.
Wenig später gab sie sich allerdings nicht mehr ganz so verträumt. Vielmehr planschte sie jetzt ausgelassen wie ein Kind zusammen mit Jacqueline in den sanften Wellen am Ufer des Gardasees. Schorsch stand bonbonblau und rot benast ein Stück weiter hinten. Udo machte sich schon wieder an ihm zu schaffen, um ihn für die weitere Reise bei Laune zu halten. Seine beiden Damen freilich schienen den Trabi samt Familienoberhaupt völlig vergessen zu haben. Sie genossen die warme Sommerabendluft, das angenehm kühle Wasser, den lauen Wind. Jacqueline freilich genoß ein bißchen unbeschwerter als Rita. Denn diese trug zum erstenmal ihren neuen, delikaten Badeanzug und fühlte sich in dieser ungewohnt erotischen Haut ein wenig unbehaglich. War der Ausschnitt nicht doch allzu gewagt? Deswegen bemühte sie sich auch, das gute Stück so ausdauernd wie möglich unter Wasser zu halten – und sich auf diese Weise vor den vermeintlich anzüglichen Blicken der anderen Badegäste zu schützen.
Jacqueline dagegen hatte in dieser Hinsicht weniger Hemmungen. »Ächd deli, wa?« jauchzte sie, hüpfte hoch und zeigte daher viel nackte Haut; denn ihr knapper grüner Bikini verhüllte nur das Allernötigste. Ein Windsurfer segelte an ihr vorbei und bespritzte sie mit schäumendem Gischt.
»Beinahe so schön wie Ongel Bernds Duschglo!« kommentierte Jacqueline übermütig. Sie hatte sich unter der Dusche zusammengeduckt, jetzt tauchte sie wieder auf und schüttelte wild ihre nasse Mähne. Hundertachtundfünfzig Zentimeter schiere Verführung.

Am Ufer reckten die braungebrannten Paparazzi die Hälse. Molto bene, die Kleine! Im Rudel der Playboys befanden sich auch die beiden jungen Italiener, die Schorsch so selbstlos über den Berg geholfen hatten. Doch weder Jacqueline noch Rita wurden auf sie aufmerksam.
Mit geradezu aphroditischem Schwung stieg Jacqueline aus dem Wasser. »Ich gugge ma, was Udo machd«, rief sie. »Gommsde mid, Mama?«
»Ne, ich bleib' noch'n Momang«, verwahrte sich diese – aus den bewußten Gründen. »Bis es schummrig wird. Is ja ooch härrlich warm hier drinne.« Die letzten Worte kamen schon zittrig, denn die Sonne stand inzwischen tief am Himmel, und ein frischer Wind blies von den Bergen. Längst hatte Rita eine Gänsehaut – aber die Moral ...
Jacqueline rannte über den Strand. Die beiden Italiener winkten ihr zu. Flüchtig winkte das Mädchen zurück. Ihre nassen Haare flatterten. Dann erreichte sie Schorsch und den Babba.
Die Struutzens hatten den Trabi sehr schlau geparkt. Direkt vor seiner Kühlerhaube stand ein Schild, auf dem die Platzmiete für den Campingplatz angegeben war. Schorsch befand sich gerade noch außerhalb des gebührenträchtigen Areals. Listig wollte Udo wieder einmal Geld sparen. Daß er dabei Schorsch direkt neben einem mächtigen Container für Altglas hatte einparken müssen, störte ihn nicht im mindesten. Jetzt legte er letzte Hand an seinen eigenen sächsischen Campingplatz: Auf dem Dachgepäckträger des Trabis hatte er über vier wackligen Stangen ein winziges Zelt aufgebaut. Schräg über den Kofferraum hinweg führte eine schmale Leiter zum Eingang.
Jacquelines kletterte neugierig nach oben. Udo hingegen war mit dem Zelt fertig und verschwand nach unten. Er klappte die Motorhaube auf und begann mächtig darunter

herumzuwirtschaften. Schließlich war Schorsch an diesem Tag schwer geprüft worden und brauchte seine abendlichen Streicheleinheiten.
Plötzlich dröhnte durch die Zeltleinwand hindurch mörderische Rockmusik. Udo fuhr entsetzt hoch und stieß dabei mit dem Schädel heftig an Schorschens hochgeklappte Motorhaube. »Schaggeline!« brüllte er unwirsch.
Nach einer kleinen Ewigkeit erschien Jacquelines Kopf im Zelteingang. »Jaaa?«
»Schdell die Affenmusig ab – aber uff där Schdälle!« forderte Udo zornrot.
Trotzig streckte Jacqueline ihrem Erzeuger, der sie wegen der Motorhaube nicht sehen konnte, die Zunge heraus. Gleich darauf verstummte die Rockmusik. Statt dessen erschien Jacquelines völlig nackter Oberkörper im Zelteingang. Sorgsam befestigte sie ihren nassen Bikini an einer der wackligen Stangen. Mit glühenden Augen verfolgten die beiden Paparazzi, die sich inzwischen näher herangepirscht hatten, ihr Tun. Jacqueline freilich tat so, als wären die beiden Italiener Luft für sie. Aber heimlich ließ sie die braungebrannten Wirtschaftswunderknaben ebenfalls keine Sekunde aus den Augen.
Langsam verschwand die Sonne hinter den Bergen. Als allerletzter Badegast stieg Rita aus dem Wasser, verfolgt von den anerkennenden Blicken einiger weniger männlicher Strandläufer. Sie bibberte entsetzlich, schritt aber dennoch kerzengerade und würdevoll zum Trabi. Mit Recht! In ihrem raffiniert-knappen Badeanzug, der ihre Figur gar nicht kühner hätte betonen können, sah sie aus wie die leibhaftige Sünde – wie eine schaumgeborene Aphrodite, geboren aus der zuvor eher grauen Bitterfelder Maus.
Auch seelisch hatte sich Rita dank dieses textilen Wagnisses verändert. Jetzt kam sie sich auf einmal gar nicht mehr

frivol vor. Statt dessen fand sie sich einfach schön. Sie genoß den Geruch der Bäume, das warme Dämmerlicht, die Blicke der anderen Camper sowie die der Fischer in ihren beleuchteten Booten – und dazu das prickelnde Feuer in ihrem Leib. Auf halbem Weg zwischen Strand und Udo blieb Rita noch einmal stehen, schüttelte die Haare aus und legte sich dann noch einmal auf ihr Handtuch, um ihren Körper vom Abendwind trocknen zu lassen. Ohne Eile tat sie das, ohne Scheu ...

Auch Udo hatte inzwischen seinen körperlichen Bedürfnissen nachgegeben. Neben der Fahrertür des Trabi standen seine Hauspatschen. Er selbst hatte es sich wieder einmal hinter dem Steuerrad bequem gemacht. Dort saß er zusammengekauert in seinem braunen Frotteeschlafanzug und schnarchte.

Ein paar Meter weiter stand nunmehr das schicke Cabrio. Jacqueline lehnte an einem Kotflügel und schäkerte heftig mit den beiden Italienern. Nachdem der Babba eingeschlafen war, hatte sie nach Herzenslust in ihre Schminktöpfe gegriffen. Freches Rouge im Gesicht, dazu die frische, natürliche Sonnenbräune machten sie einfach unwiderstehlich. Die beiden jungen Italiener wußten es zu würdigen. Sie verschlangen Jacqueline mit den Augen und bedachten sie mit glühenden – italienischen – Komplimenten.

Dann jedoch begannen diese Blicke plötzlich zu wandern, wichen von ihrem Ziel ab und richteten sich auf ein neues. Schuld daran war Rita. Barfuß war sie herangetreten. Das Badetuch baumelte leger an ihrer Hand – von Scheu keine Spur mehr. Die beiden gutaussehenden, nur leider etwas kleingewachsenen Italiener übersah sie zunächst souverän und fragte: »Schaggeline, wo is'n där Babba?«

»Ooch, där liechd schon in sein'm Himmelbedde«, erklärte das Mädchen. »Wegg'n bloß nich uff!!!«

Erst jetzt würdigte Rita die beiden Paparazzi ihres Blickes. Ganz unvermittelt und auch nicht ganz grundlos schien ihr Interesse erwacht zu sein. »Und wär sin die beeden?«
Jacqueline antwortete eher indirekt: »Se sach'n, daß dort drieb'n ne Feier schdeichd. – Gommsde mid – uff de Rupse?«
Rita blieb die Antwort zunächst schuldig. Spreizte vielmehr ihre hübschen Beine und guckte skeptisch an ihrem Körper hinunter. Die Italiener folgten ihrem Blick hingerissen.
»So gann'sch aber nich ...« stotterte Rita.
»Dann zieh' dir doch'n Gleed über«, riet Jacqueline.
»Meine Sach'n liech'n im Wach'n«, zauderte Rita. »Und ich will ooch dän Babba nich schdör'n ...«
»Een Momang!« rief Jacqueline gedämpft – und war bereits halb in Schorschens Dachzelt verschwunden. Eine verlegen lächelnde Rita blieb bei den beiden Paparazzi zurück. Die Italiener rückten ein Stückchen näher. Ritas Gaumen wurde zunehmend trockener, ihr Puls begann zu jagen. Aber da kam Jacqueline auch schon zurück und hatte einen grellroten, kurzen Rock sowie ein knalliges T-Shirt aus ihrem ganz persönlichen Seesack mitgebracht. Rita machte große Augen und erklärte dann in Richtung auf die Italiener: »Een Oochenbligg noch – denn gann's losgähn!« Sie zog das enge T-Shirt über, das sich wie eine zweite Haut an ihren Körper schmiegte. Dann kam der Minirock an die Reihe. Er bedeckte gerade Ritas Po. Als sie prüfend darüberstrich, kamen der braven Lehrersgattin plötzlich doch wieder Bedenken. »Is das nich een gleen wänig zu gewaachd?«
»Das is meen besdes Schdügg!« bemerkte Jacqueline tadelnd und kletterte hinter den beiden Italienern ins Cabrio. Rita warf noch einen ängstlichen Blick in Richtung

Schorsch, dann folgte sie ihrer Tochter. Auf den engen Rücksitzen des Sportwagens bemühte sie sich, ihren Rocksaum irgendwie ein Stückchen weiter kniewärts zu zerren. Doch so sehr sie sich auch bemühte – sie schaffte es nicht.
Das Cabrio erreichte die improvisierte Disco am Seeufer. Viel an Ausstattung war nicht vorhanden. Ein paar Campingtische und Klappstühle, eine kleine Tanzbühne am Kopfende des Bootssteges. Doch in den leise plätschernden Wellen spiegelte sich der Mond. Die harten Gardasee-Surfer schienen plötzlich unerhört romantisch geworden zu sein.
Das Cabrio parkte neben der Tanzfläche. Jacqueline hüpfte unternehmungslustig heraus, hakte ihre beiden Italiener unter und rannte mit ihnen auf die Bühne. Rita wurde glatt links liegengelassen. Kein Wunder: Sie zerrte ja immer noch an ihrem Rocksaum herum. Jacqueline dagegen sah endlich ihre Stunde gekommen. Sie ließ sich in den Rhythmus der Disco-Musik fallen, ließ ihre Haare fliegen, lachte, tanzte ausgelassen. Endlich durfte sie das Leben prall spüren, so wie sie es sich immer gewünscht hatte. Kein Babba, der ihr mit seinen vorwurfsvollen Blicken die Lebensfreude vergällte. Kein Schorsch, der ihrem Bewegungsdrang ständig Grenzen setzte. Überhaupt keine Zwänge mehr, nur die Musik, die Mondnacht, der See – und dazu die vielen netten, hübschen Menschen. Diese allerdings bildeten für Jacqueline kaum mehr als eine aufregende, bunte Kulisse. Selbst ihre beiden Italiener sah sie eigentlich mehr als Staffage. Auf ein erotisches Abenteuer war sie gar nicht aus. Leben, einfach leben wollte sie – und das tat sie jetzt auch.
Jacqueline tanzte, tanzte aus einem ganz neuen, unerhörten Gefühl der Freiheit heraus, gab sich, ihren Körper, ihre Seele, vollkommen der Musik hin. Vergaß alles andere um

sich herum, wurde selbst Musik. Die Nachtschwärmer ließ sie hinter sich zurück. Auch für die beiden Italiener hatte sie plötzlich keinen Blick mehr. Die kleine Bühne wurde ihr zu eng.
Immer ekstatischer, immer entrückter tanzte die Siebzehnjährige weit auf den Bootssteg hinaus. Nur noch sie, die Musik und der silberglitzernde See. Jacqueline: einerseits geballte Erotik, andererseits absolute Unschuld. Mädchen und Frau in einem. Und Jacqueline tanzte, tanzte, tanzte, bis der heiße Sound abbrach und am Ufer eine Schmuseplatte aufgelegt wurde. Erst da kam sie wieder zu sich, blickte sich beinahe erstaunt um – und erkannte, daß all die anderen sie in ihrem herrlichen Überschwang ganz allein gelassen hatten.
Keiner hatte sie beachtet, alle waren nur mit sich selbst beschäftigt gewesen. Jetzt tanzten sie – elegante Urlauberkinder und die Jugend der umliegenden Orte – Wange an Wange nach den Tönen irgendeines Schmusesongs, und niemand hatte einen Blick für Jacqueline, die nun plötzlich ganz entsetzlich abseits stand, draußen auf ihrem Bootssteg, und nur noch mit großen Augen guckte, bis sie zuletzt heiße Tränen aufsteigen fühlte.
Anders Rita. Auch sie hatte zunächst abseits gestanden, doch dann war einer gekommen und hatte sie kurzerhand auf die Tanzfläche gezogen. Zunächst waren ihre Bewegungen noch ein wenig linkisch gewesen, aber dann hatte sie sich allmählich gehenlassen. Und nun, nach der Rock- und der Schmuseplatte, stand sie plötzlich im Mittelpunkt. Die Männer rissen sich um sie. Rita taumelte von einem zum anderen.
Der Anblick ihrer ausgelassen und hingebungsvoll tanzenden Mutter gab Jacqueline den Rest. Sie rannte über den Bootssteg zurück zum Ufer. Rita bemerkte sie, wollte ihr

noch etwas zurufen. Aber da war das Mädchen schon vorbei, verschwand in der Nacht und lief in die Richtung, wo der Trabi und das Dachzelt warteten.
Bald hatte Rita die Flucht ihrer Tochter wieder vergessen. Sie wirbelte über die Bühne, barfuß, unbeschwert und fühlte sich wieder ebenso jung, wie sie glaubte, daß Jacqueline sich fühlen mußte ...
Verwirrt und mit widerstreitenden Gefühlen erreichte Jacqueline den Stellplatz von Schorsch. Udos Patschen standen immer noch brav neben der Fahrertür. Und der Babba selbst schnarchte heftig in seinem Kabäuschen. Jacqueline lächelte. Der eher komische Anblick löste in ihr ein tiefes Gefühl von Geborgenheit aus, und allmählich fühlte sie sich wieder besser. Langsam kletterte sie die kleine Leiter zum Dachzelt hinauf. Drinnen knipste sie die Taschenlampe an, die von einer der Tragestangen baumelte. Der dünne Lichtfinger beleuchtete zwei Schlafsäcke, die auf je einer Luftmatratze lagen: Ritas und Jacquelines Betten. Das Mädchen kuschelte sich in ihr Bett. Im Einschlafen hörte sie noch einmal leise die Disco-Musik durch die Nacht klingen. Dann wurden die Geräusche immer gedämpfter; Jacqueline wußte von nichts mehr.
Viel später näherte sich langsam Rita dem schlummernden Trabi. Eine Weile stand sie unschlüssig vor der kleinen Leiter, dann lächelte sie, ging ein paar Schritte weiter und klinkte die Wagentür auf. Sie tat es ganz leise, dennoch erwachte Jacqueline oben in ihrem luftigen Nest. Das Mädchen lauschte, doch unten war alles wieder ruhig. Schon hatte Jacqueline die Augen wieder geschlossen, als ihr Nachtlager plötzlich in Bewegung geriet. Zuerst war das Schaukeln ganz sachte, dann wurde es allmählich immer heftiger.

»Was hasde denn bloß, Mama?« murmelte Jacqueline im Halbschlaf. Sie tastete nach dem zweiten Schlafsack, doch der war leer. Jetzt setzte sie sich auf und knipste die Taschenlampe an. Der Lichtfinger schwankte wie in schwerem Seegang hin und her, und in den Seegang hinein mischten sich nun auch noch stöhnende Geräusche aus der unteren Etage.

Jacqueline wurde schlagartig klar, was sich auf Schorschens Plastesitzen zwischen Mama und Babba abspielte. »Ooch näää!« maunzte sie – und verließ fluchtartig ihr Nachtlager. So schnell sie konnte, kletterte sie die schaukelnde Leiter hinunter und nahm dann züchtigen Abstand von dem gefährlich schwankenden Trabi.

Jedoch ließ sie ihn dabei keine Sekunde aus den Augen. Das Schaukeln wurde ekstatisch, um dann plötzlich abzuflauen. Nur noch leise schwang der Trabi nach. »Nu, ändlich!« brummte Jacqueline zufrieden und kletterte lächelnd wieder in ihre luftige Behausung zurück. Für den Rest der Nacht war dann Ruhe angesagt.

Geklaute Räder und eine Ohrfeige

*D*ie friedvolle Ruhe galt allerdings nur für den kurzen Rest der Nacht. Kaum zwitscherte versuchsweise der erste Vogel im Ufergebüsch des Gardasees, da tauchte neben Schorsch ein Kleintransporter auf. Der fuhr einen Greifarm aus und angelte sich den Flaschencontainer, neben dem Udo am Vortag so leichtsinnig eingeparkt hatte. Jetzt machte das Splittern, Scheppern und Dröhnen die Struutzens schlagartig hellwach. Udo und Rita, die friedlich quer über den Vordersitzen des Trabis geschlummert hatten,

fuhren hoch. Udo knallte dabei mit dem Kopf gegen das Plastikdach. Mit einem Schmerzensschrei torkelte er ins Freie und rief zu seiner Tochter hinauf: »Halde dich fesde, Schaggeline! Das is ja wie uff'm Haubdbahnhof hier! Ich fahr 'n baar Mäder weider ...«
Schon saß er wieder hinterm Steuerrad, startete den Motor und gab Gas. »Was is'n eigndl'sch los?« kam es verschlafen von oben.
»Där Babba suchd uns 'n lauschiges Blädzchen«, rief Rita. »In zwee Minudn gannsde wieder poofen.«
Udo gab währenddessen immer mehr Gas. Doch Schorsch bewegte sich keinen Millimeter vom Fleck. Nur sein Motor röhrte unternehmungslustig. »Scheiß Blasde!« brüllte der Deutschlehrer höchst unfein – und dieses Zitat stammte ganz gewiß nicht von Goethe. Schnaubend vor Wut schoß Udo ins Freie – und da begriff er schlagartig. In seinen Augen stand das reine Entsetzen. Zuerst noch ganz stumm stand Udo da. Dann aber ballte er die Fäuste und ließ einen wilden Schrei über den Gardasee hin gellen. Kein Wunder: Schorschens Räder waren fort. Alle vier. Die Achsen ruhten auf plumpen Ziegelsteinen. Jemand hatte ihnen in der Nacht buchstäblich die Pneus unterm Hintern weggeklaut. Der scheinbar so raffinierte Versuch, ein paar Mark Campingplatzgebühren zu sparen, hatte sich bitter gerächt.
Wie ein Derwisch tanzte Udo um den Trabi herum – oder um das, was von Schorsch noch übrig war. Auch Jacqueline und Rita standen jetzt in ihren Nachtgewändern im Freien. Zuerst stand auch in ihren Augen nur Ungläubigkeit. Doch dann siegte Jacquelines Lebensfreude. Sie prustete los und mußte sich plötzlich ob dieser unglaublich komischen Situation vor lauter Lachen den Bauch halten.

Udo hielt in seinem Derwischtanz inne. »Was gichersde denn so blöde, wa?«
»Das is doch där absolude Wahnsinn!« quietschte Jacqueline. »Ächd deli! Da war'n richdsche Brofis dran!« Beinahe schien es so, als stellten die geklauten Räder für das Mädchen den absoluten Höhepunkt der Ferienreise dar. Für Udo dagegen war es schlimmer als ein Weltuntergang.
»Höre uff mit däm Gegichere, aber uff där Schdälle!« schrie er seine Tochter an.
Jacqueline wollte ja auch – aber sie konnte einfach nicht. Ein neuer Lachanfall überwältigte sie. Da drehte der sonst so besonnene Deutschlehrer durch. Peng!!! Er hatte seiner fast erwachsenen Tochter eine schallende Ohrfeige versetzt.
Jacqueline stand starr. Jetzt lachte sie nicht mehr. Alles Blut schien aus ihrem Gesicht gewichen zu sein. Zuerst konnte sie sichtlich überhaupt nicht glauben, was da soeben geschehen war. Noch nie hatte ihr Vater sie geschlagen. Es war die erste Ohrfeige ihres Lebens gewesen.
Dann, ganz langsam, bewegte Jacqueline ihre Lippen. »Das war's!« sagte sie gefährlich leise und auf herzbeklemmende Weise endgültig. Während nun ihre Eltern keinen Ton mehr herausbrachten, flüchtete sie sich ins Zelt, kleidete sich hastig an, griff sich ihren Seesack und ihre Gitarre, kam wieder ins Freie – und ging wortlos davon.
Zwei Dutzend Schritte weiter drehte sie sich noch einmal um und rief mit tränenerstickter Stimme: »Die Mutter 'ne Hure und der Vater 'n Schläger! Schöne Eltern hab' ich!« Vor lauter Empörung hatte es beinahe hochdeutsch geklungen.
»Aber wo willsde denn hin, Kind?« Auch Ritas Sächsisch klang plötzlich sehr dezent – ein Beweis, wie nahe ihr die Szene ging.

»Mich seht ihr nie wieder! Jetzt seid ihr mich endlich los!« kam es ziemlich jämmerlich zurück.
»Babba, tu' doch was!« jammerte Rita.
Einzig Udo blieb selbst in dieser Katastrophensituation ein lupenreiner Sachse. »Das dabbsche Huhn gommd schon zurügge«, fauchte er rüde. »Aber meene Reefen nich!« Und dann kamen auch ihm die Tränen – aber nur wegen der Räder.
Jacqueline sah es nicht mehr. Sie befand sich jetzt bereits auf der staubigen Landstraße. Ein vorbeidonnernder Lkw hüllte sie in eine scheußliche Qualm- und Staubwolke ein. Jacqueline hustete, rang nach Luft und schlug sich dann seitlich in die Felder – ziellos, planlos, gedemütigt, weinend.
Irgendwann erreichte sie eine Baumgruppe. Die Sonne stand jetzt schon sehr hoch. Im Schatten der Pinien setzte sich die Siebzehnjährige ins Gras, brütete, dachte nach, lief dann wieder weiter.
Am Horizont lag eine kleine Stadt. Jacqueline erreichte sie eine Stunde später, schleppte Seesack und Gitarre über die Piazza. Überall gab es hier kleine Cafés und Restaurants. Modisch gekleidete Touristen genossen den Nachmittag, erfrischten sich mit kühlen Getränken oder flanierten. Jacqueline schluckte trocken. Sie hatte Durst, aber nicht eine Lira in der Tasche. Schließlich suchte sie sich einen Platz auf einem Mäuerchen und stimmte auf ihrer Gitarre eine sentimentale Melodie an: The Gates of Eden.
Mit geschlossenen Augen spielte Jacqueline ihre Etüde. So bemerkte sie gar nicht, daß die Touristen und auch die Einheimischen allmählich auf sie aufmerksam wurden. Dann legte ein schickes Paar zweitausend Lire neben ihren Seesack. Auch andere Musikliebhaber zeigten sich spendierfreudig. Als Jacqueline zuletzt verwirrt die Scheine ent-

deckte, konnte sie schon wieder ein bißchen lächeln. Entschlossen klimperte sie weiter.
Plötzlich tauchte das wohlbekannte Cabrio mit den beiden Paparazzi auf der Piazza auf. Da legte Jacqueline die Gitarre weg – und ließ sich nur zu gerne zum Essen einladen.
Wenig später vertilgte sie die letzten Reste einer riesigen Pizza. Es war die allererste in ihrem Leben gewesen. Endlich hatte ihr mal jemand eine spendiert. Jetzt strahlten ihre Augen wieder. Jacqueline lachte und flirtete unbeschwert mit den jungen Männern. Sie war satt. So richtig satt.
Der Abend kam. Jacqueline und die beiden Italiener flirteten noch angeregter. Dann machte der, der am Tag zuvor auf die Kühlerhaube geklettert war, einen Vorschlag. Jacqueline bedachte sich nur kurz. Dann stimmte sie begeistert zu. Zusammen mit den Paparazzi kletterte sie in das Cabrio. Der Sportwagen zischte von der Piazza. Jacqueline saß quer auf dem Notsitz. Sie genoß den Fahrtwind, das Tempo, die romantische Abendsonne.
Rita und Udo dagegen hatten einen entsetzlichen Tag hinter sich. Jetzt hockten sie, aneinandergedrückt wie zwei verstörte Hühner, neben Schorsch. Gedankenverloren griff Rita nach einer Handvoll Staub, ließ ihn durch die Finger rinnen, vom Winde verwehen. Genauso sang- und klanglos war ihr plötzlich ihr Familienleben durch die Finger geronnen. Es war wirklich schwer zu entscheiden, wer bemitleidenswerter aussah: der Trabi ohne Räder – oder das Ehepaar Struutz ohne seine Tochter.
Jacqueline, die Tochter, donnerte inzwischen im Cabrio auf der Nationalstraße dahin. Immer noch flatterten ihre Haare übermütig im Fahrtwind. Eine Tankstelle mit Autowerkstatt flog vorbei. Plötzlich wurde Jacqueline noch lebendiger. Sie machte dem Fahrer ein Zeichen, anzuhalten.
»Un momendo, bär favore!« quietschte sie.

Der junge Italiener trat brav auf die Bremse. Jacqueline rannte zu der Tankstelle zurück. Wie ein Schlaraffenland kamen ihr die bunten, reichbestückten Schaufenster vor. Und in der Hand hielt sie jetzt ein dickes Bündel Geldscheine: die Früchte ihrer Gitarrenkünste.
Zwischen Udo und Rita war währenddessen ein handfester Ehekrach ausgebrochen. »Wie gonndsde das nur dun!« schrie Rita. »Deine eig'ne Dochder! Barbar!«
»Un du – 'n Fliddschen!« zischte Udo zurück.
Da verlor Rita endgültig die Beherrschung. Mit wütend blitzenden Augen holte sie zum Schlag aus. Doch ehe Udo die sicherlich verdiente Ohrfeige einstecken mußte, röhrte ein Cabrio heran und kam mit quietschenden Reifen neben Schorsch und dem außer Rand und Band geratenen Ehepaar zum Stehen.
Rita und Udo vergaßen auf der Stelle ihren Ehekrach. »Schaggeline!« riefen sie beide gleichzeitig.
Wortlos kletterte Jacqueline aus dem Sportwagen, ging, ohne ihren Eltern einen Blick zu gönnen, zum Kofferraum, öffnete ihn – und holte nacheinander vier neue Reifen samt Felgen heraus. Einzeln rollte sie diese zu Schorsch und stellte sie neben seinen steinernen Krücken auf. Dann kehrte sie unter den stummen Blicken ihrer Eltern zum Cabrio zurück. Dort warteten die beiden Paparazzi auf sie.
Über die Schulter hinweg sagte Jacqueline zu Rita und Schorsch: »Gute Heimfahrt – nach Bitterfeld.« Noch immer redete sie ohne jeden versöhnlichen sächsisch-weichen Zungenschlag. Um so härter traf es ihre Eltern.
Der Fahrer des Cabrio ließ den Motor aufheulen. Jacqueline verstand die Botschaft: Kein langes Gesülze, bitte! Wir wollen los! Wir drei ...
Jacqueline nickte, machte Anstalten, sich wieder auf den Rücksitz zu schwingen. Ein Bein hatte sie schon im Innern

des Cabrios – da hörte sie plötzlich ein vertrautes Geräusch. In seiner Verzweiflung hatte Udo Schorschens Motor angelassen. Geradezu jämmerlich klang das Zweitaktblubbern des Trabis gegen den PS-starken Vollton des Cabrios – der Wettstreit eines Kammbläsers gegen die Wiener Symphoniker. Dennoch verharrte Jacqueline plötzlich unschlüssig. Sie schien auf einmal nicht mehr zu wissen, welcher Musik sie folgen sollte. Noch verlockender, noch sonorer brummte der Hochleistungsmotor auf. Aber es siegte Schorschens hilfloses Blubbern. Jacqueline schniefte noch ein paarmal, zog dann ihr Bein zurück, schnappte sich Seesack und Gitarre und lief zu Udo, Rita und Schorsch zurück. Als sie den Trabi erreicht hatte, schrie sie wütend los: »Wie gann mer nur so bleede sein und sich de Bneus underm Hindern wegglau'n lass'n?!« Ihr Gekeife klang so unverfälscht sächsisch, daß Udo und Rita zu ahnen begannen: Ihre Welt war im Begriff, nun wieder heil zu werden. Langsam trat Rita auf ihre Tochter zu. Auch Udo zwängte sich ins Freie, während Schorsch im Leerlauf weitertuckerte. Jacqueline guckte von Udo zu Rita – und dann bekam auch die Frau Mama ihr Fett weg. »Und du«, fauchte Jacqueline weiter, »gannsd die beeden Babarazzi gerne hab'n, wenn de se willsd! Uff där Schdälle gannsde se dir nähm'n! Is mir doch schnulli! Is mir doch dodal schnulli!«
Zum Glück für die Struutzens wurde jedoch nichts aus Jacquelines selbstlosem Angebot. Denn die beiden Paparazzi hatten nun endgültig genug von dem Familientheater. Der Vielpferdige brummte auf, und mit quietschenden Reifen schoß das Cabrio davon. Die Nacht war noch lang, und Mädchen gab es um diese Jahreszeit schließlich überall. Vielleicht nicht ganz so hübsche wie Jacqueline – aber abenteuerlustigere und jedenfalls ohne Anhang.

Das Cabrio verschwand hinter einer Kurve. Jetzt kam sich Jacqueline doch ganz verloren vor. Sie stand da, in der einen Hand den Seesack, in der anderen die Gitarre, und wußte überhaupt nicht mehr, wohin mit ihren Gefühlen. Möglicherweise hätte sie die beiden Italiener doch nicht so leichtfertig ziehen lassen sollen!
Zuletzt jedoch siegte ihr unverbildetes Gemüt. »Orneee, Scheiß ...«, heulte sie mit einem verbalen Befreiungsschlag los, ließ Seesack und Gitarre auf die Straße plumpsen und wischte sich die Augen.
Durch den Tränenschleier hindurch sah sie Udo auf sich zukommen. Ganz langsam ging er, blieb dann mit zitternden Knien vor ihr stehen. Er hob die Fäuste an und hielt sie wie ein Boxer vors Gesicht. Dann machte er eine Finte gegen Jacquelines zuckenden Bauch. »Los, Schaggi, degg dich ...«, murmelte er verschämt.
Zuerst nur widerwillig hob Jacqueline ihre Hände. Udo lächelte versuchsweise, deutete dann einen rechten Haken gegen ihr Kinn an.
Jacqueline zögerte nur eine Sekunde. Dann holte sie mächtig mit der Faust aus, federte den Schlag aber kurz vor Udos Bauch ab. Dennoch verzog Udo schmerzlich das Gesicht und ging vor seiner Tochter in die Knie.
Im nächsten Augenblick begannen sie alle drei gleichzeitig zu weinen und zu lachen, doch nur Sekunden später hatte das Lachen gesiegt. Jacqueline lag abwechselnd in Udos und Ritas Armen, während Schorsch noch immer seine streng riechende blaue Abgasfahne in den südlichen Himmel pustete.
Alles war wieder in Ordnung. Und Rita hatte das letzte Wort: »Weeßde was, Schaggeline?« sagte sie glücklich. »Heude fahre ich im Gebäggnetz – un' du gommsd als Gopilod näb'n dän Babba in'n Schleudersitz!«

Ewig der Ärger mit Rom

Mit Jacqueline auf dem Schleudersitz rollte Schorsch weiter durch die malerische Landschaft Oberitaliens. Zum Abschied vom Gardasee hatte Rita wieder einmal aus Goethes »Italienischer Reise« zitiert: »Gardasee. Zwölfter September 1786. Ich befinde mich nun wirklich in einem neuen Lande. Erstlich haben die Türen keine Schlösser. Der Wirt aber versicherte mir, ich könnte ganz ruhig sein, und wenn alles, was ich bei mir hätte, aus Diamanten bestünde ...«

Hatten sich die Zeiten so vollkommen geändert, oder waren Trabi-Räder noch wertvoller als Diamanten? Das Zitat paßte jedenfalls so gut zur tatsächlichen Situation, daß die drei Sachsen laut und herzhaft lachten – wie von einem schweren Alpdruck befreit. Nunmehr konnten sie entspannt ihrem nächsten Ziel entgegenrollen. »Roma – 340 Kilometer«, las Udo von einem Wegweiser ab. Und setzte hinzu: »Struutzens ande bordas! – Heude abend zelden mer vor dän Doren där Äwichn Schdadd!«

»Nich vor – wir fahr'n midden rin ins Gewühle!« forderte Jacqueline.

»Und wo willste denn poofen?« erkundigte sich Udo, jäh aus seinen klassischen Träumen gerissen.

»Nu, Bänsjon Sachsenruh, wo denn sonsd?« beschied ihn seine Tochter.

Wieder begannen die drei ausgelassen zu lachen, und diesmal hatte Udo noch nicht einmal etwas dagegen, daß Jacqueline ihren Radiorecorder anstellte. Der ließ mit seinen Bässen die Plastikkarosse in den fürchterlichsten Dissonanzen mitschwingen, während Schorsch brav weiter nach Süden rollte. Am Straßenrand zogen kleine Felder, malerische Weinberge und viele romantische Dörfer und Kleinstädte vorbei. Im Westen senkte sich die italienische Sonne langsam auf den Horizont. Noch ehe sie aber hinter Ostia ins Meer tauchen konnte, hatte der Trabi die Peripherie der Ewigen Stadt erreicht.

Die drei Sachsen lernten sofort eine wichtige Lektion: Rom pflegte viel zu versprechen, aber wenig zu halten – jedenfalls wenn man sich nicht auskennt. Im Gegensatz zu den Romreisenden des 18. Jahrhunderts wurden die Struutzens bei ihrem Einzug keineswegs von einer freundlichen Bevölkerung mit Feigen und Oliven begrüßt. Stattdessen geriet Schorsch auf den letzten zwanzig Kilometern der noch aus der Antike stammenden Via Flaminia in einen veritablen Stau. Es schien, als wolle die Blechlawine die römischen Hügel von Horizont zu Horizont bedecken.

Udo schwitzte Blut und Wasser, doch der Trabi blubberte tapfer gegen all die Fiats, Alfas, Lancias und Motorroller an, die scheinbar allesamt von Verrückten gesteuert wurden. Das hupte, blinkte, blendete, daß es eine Pracht war. Auf diesen Straßen schien die blanke Anarchie zu herrschen – und doch lief der Verkehr störungsfreier als in den von wahren Ampelwäldern geregelten deutschen Großstädten.

Auf diese Weise tauchte schneller als erwartet vor dem Trabi die Porta del Popolo auf. Der Torbogen lenkte Udos Gedanken sofort wieder auf den geliebten Dichterfürsten: »Dorte durch is er ringefahr'n!« erklärte Udo, und seine Stimme klang plötzlich ganz feierlich.

»Wär?« wollte Rita wissen.

»Nu, wär wohl? Johann Wolfgang von Schdruudz«, spottete Jacqueline. Sie quietschte vor Lachen und ließ neugierig die Augen schweifen. Schließlich entdeckte sie in der Ferne den vatikanischen Hügel samt dem unverwechselba-

ren Petersdom. Die Kuppel glühte wie ein riesiges goldenes Juwel über der Stadt.
Während sie noch versonnen auf das prächtige Rund blickte, schrie Udo: »Via del Gorso! Mänsch, dorte hadder gäwohnd! Numero venddi ...«
Er schniefte vor Rührung und Aufregung, schnitt rücksichtslos einen Fiat Topolino und zwang ihn zu einer Vollbremsung. »Und da hinden ...!« Udo konnte vor Entzükken kaum noch sprechen. »De Schban'sche Drebbe!«
Einen vor Begeisterung außer Rand und Band geratenen Deutschlehrer am Steuer, tuckerte Schorsch unterhalb der Spanischen Treppe vorbei. Anhalten war allerdings unmöglich. Denn der dichte Verkehr trieb ihn so schnell weiter, daß seine Insassen all die neuen Eindrücke gar nicht mehr verarbeiten konnten.
Dann erspähte Udo ein kleines Straßencafé, noch in Sichtweite der Spanischen Treppe. »Dorte sitz'n mer morgen früh um elfe«, gellte er. »Bei Esbresso und Hörnsch'n!« Er strahlte seine Damen an, er klatschte in die Hände, er lachte. Eine direkt kindliche Freude hatte ihn befallen.
»Los, Schaggeline!« rief er nun. »Mach mal 'n Fodo!«
»'n Fodo? Von wadd?« Jacqueline schien von dem Ansinnen nicht sonderlich begeistert zu sein.
»Nu, von Rom, Mänsch!« schrie Udo. Gleichzeitig trat er voll auf die Bremse. Hinter dem Trabi kreischte, quietschte und hupte es. Der römische Verkehr staute sich, und das römische Temperament machte sich antiteutonischen Unmutsäußerungen Luft, wie man dies vermutlich seit dem Sacco di Roma nicht mehr vernommen hatte, als die Ewige Stadt von kaiserlichen Landsknechten eingenommen worden war.
Udo kümmerte sich nicht darum. Er drückte Jacqueline die japanische Kamera in die Hand, diese kurbelte das Fen-

ster herunter, zog eine Schnute und schaute angestrengt durch den Sucher. Die Spanische Treppe war hinter aufgeregt gestikulierenden Römern verschwunden. Außerdem war es jetzt schon so dunkel geworden, daß selbst die größte Blende nicht mehr ausreichte. Jacqueline zeigte sich ratlos.

»Nu, dann lässde äb'n mich ran!« tönte Udo.

»Bloß nich!« schnappte Jacqueline nach Luft. »Du mußd fahr'n!« Sie lehnte sich entnervt aus dem Fenster und suchte nach einem möglichen Motiv, nervös piepender Warnton hin oder her. »Abär nich waggeln, Schaggeline!« warnte Udo. »Und schdell die Zeit uff zwee Sägund'n ...« Innerhalb dieser zwei Sekunden geschah dann das Unglück. Einer der zahlreichen Scippatori, der Taschendiebe in Rom, hatte sich auf seinem kleinen, knatternden Moped angeschlichen, riß die Kamera aus Jacquelines Hand und verschwand sogleich im schützenden Verkehrschaos.

Udo machte mit weitaufgerissenem Mund plötzlich nur noch verbale Trockenübungen. Kaum anders erging es Rita. Selbst Jacqueline war für einen Moment stumm vor Entsetzen. Dafür klang das Hupkonzert ringsum noch ohrenbetäubender als zuvor. Endlich stammelte Udo: »Obas Ja ... ba ... när!«

Da fand auch Jacqueline die Sprache wieder. »Ooch nää, nich mid mir!« schrie sie. »Dän mach' ich bladd!« Ehe ihre Eltern sie zurückhalten konnten, stürzte sie aus dem Trabi und rannte in die Richtung, in welcher der Dieb verschwunden war.

»Schaggeline! Bleib hier!« tönte es entsetzt aus dem Plastebomber. Doch da konnte Udo lange rufen. Seine Tochter hetzte bereits das Scippatore-Wild.

Gleich darauf schloß sich auch Rita der wilden Jagd an. Blitzschnell hatte sie sich aus dem Gepäcknetz geschält

und zur Vordertür hinausgewunden. Udos verzweifelter Schrei nach seiner Frau verhallte wiederum ungehört.
Hilflos starrte der Trabi-Pilot seinen beiden Damen hinterher. Eigentlich wollte er nun ebenfalls losrennen, doch das gelang ihm nicht. Denn der Stau hinter Schorsch hatte endlich ein Schlupfloch gefunden, und jetzt quetschte sich die Flut zentimeterdicht links und rechts an dem Trabi vorbei. Aussichtslos, eine der beiden Türen öffnen zu wollen. Zu allem Überfluß kam jetzt auch noch ein weißbehelmter, wild gestikulierender Verkehrspolizist heran. Er sah aus, als wolle er Udo auf der Stelle verhaften. Da gab der völlig entnervte Deutschlehrer kopflos Gas. Schorsch wurde wieder vom Verkehrsstrom mitgerissen – und entfernte sich notgedrungen immer weiter von Rita, Jacqueline und dem vermutlichen Standort des Scippatore.
Jacqueline hingegen war dem Dieb dicht auf den Fersen. Rücksichtslos bahnte sich die Siebzehnjährige ihren Weg durch die Ewige Stadt. Der Westgote Alarich hatte es nicht geschafft, sie zu zerstören, ebensowenig Kaiser Karl V., in dessen Reich die Sonne nie unterging. Ein Rudel von Amazonen wie Jacqueline dagegen hätte beste Aussichten gehabt. Auf ihrer furiosen Jagd räumte Jacqueline rigoros Gemüsestände, Andenkentische und auf offener Straße stehende Weinregale ab; reihenweise taumelten hinter ihr die Römerinnen und Römer in den Rinnstein.
Auch der flüchtige Scippatore hatte, nachdem ihm klargeworden war, daß er verfolgt wurde, eine Spur der Verwüstung gezogen, ehe er eine unübersichtliche Kreuzung erreichte und in abenteuerlicher Schrägfahrt nach links in eine Gasse einbog. Fast wäre er dabei gestürzt. Dies gab Jacqueline Gelegenheit, ein paar Meter an Boden zu gewinnen.
Nur ein paar Sekunden später tauchte Rita auf der Kreu-

zung auf. Die Spuren vom Amoklauf ihrer Tochter waren nicht zu übersehen gewesen. Jetzt stoppte die streitbare Sächsin kurz in der Kreuzungsmitte, schniefte dann entschlossen und schoß in die Gasse hinein, die rechts weiterführte.

Auch Udo bog mal links, mal rechts ab. Ganz so, wie der römische Verkehr um ihn herum es wollte. Schon längst hatte er jegliche Orientierung verloren. Er wußte nur noch eines: Unerbittlich wurde er weiter und weiter von seiner Frau und Jacqueline entfernt. Seine stummen Hilferufe gingen im Motorengedröhn unter.

Alles andere als stumm gab sich Rita. Sie hatte noch einige weitere Gassen hinter sich gebracht und keuchte nun entsetzlich, so sehr hatte sie sich verausgabt. Furchtbares Seitenstechen zwang sie innezuhalten.

Da knatterte es wie wild heran. Es war tatsächlich der Kameradieb auf seinem Moped. Ohne es zu ahnen, hatte Rita ihm bei ihrem Spurt quer durch das Gassengewirr den Weg abgeschnitten. Und jetzt kam der Scippatore direkt auf sie zu. Er erkannte sie nicht, sondern sah in seiner Unverschämtheit in ihr nur ein neues Opfer. Heranrasen und nach Ritas blauer Handtasche greifen war eins.

Doch er hatte nicht mit der Standfestigkeit der Sächsin gerechnet. Denn jetzt kam der sogenannte Bitterfelder Biß zum Tragen. Rita klammerte sich mit solcher Kraft an ihrer Handtasche fest, daß zuletzt nicht sie die Geschädigte war, sondern der Dieb, der nun mit einem heftigen Ruck aus dem Mopedsattel gerissen wurde.

Die knatternde Maschine rollte führerlos noch ein paar Meter und landete in der offenen Tür eines Ladens. Die Mama-mia-Schreie, die aus dem Halbdunkel heraus ertönten, bewiesen, daß drinnen einiges zu Bruch gegangen war. Der japanische Fotoapparat war gegen die Bordsteinkante

geschliddert, und noch etwas anderes lag auf dem Pflaster, nämlich eine dicke Brieftasche, die aus der Lederjacke des Scippatore gerutscht war.
Der Dieb selbst schien eingesehen zu haben, daß mit einer Bitterfelder Sächsin nicht gut Kirschen essen war. Unter Zurücklassung seines Mopeds, der Kamera und der Brieftasche rannte er kopflos davon und verschwand in der Menge.
Rita dagegen stand mit baumelnder Handtasche da. Es war alles so schnell gegangen, daß sie erst einmal ein Weilchen brauchte, um wieder zu sich selbst zu finden. Doch da hetzte schon Jacqueline heran. »Alles roger, Rida?« keuchte sie.
Ihre Mama konnte, noch immer völlig außer Atem, nur in der altbekannten Siegesgeste den Daumen nach oben rekken. Aber Jacqueline gab sich damit noch nicht zufrieden, zu erbarmungswürdig sah die Mama aus. Sie keuchte beängstigend, und ihre Bluse war total zerrissen. Denn der Scippatore hatte bei seinem Sturz verzweifelt irgendwo Halt gesucht.
So musterte Jacqueline besorgt Ritas halbnackten Oberkörper, grinste beruhigt und bückte sich nach der japanischen Kamera. Der Apparat schien keinen ernsthaften Schaden genommen zu haben. Dann entdeckte Jacqueline auch die Brieftasche auf dem Pflaster. Blitzschnell griff sie danach und klappte sie auf. Ein dickes Bündel Geldscheine wurde sichtbar. Jacqueline begann ganz ungeniert zu zählen: »Hunderddausend, zweehunderd, dreie, viere, fünfhunderddausend ...«
Weiter als bis zur halben Million kam sie nicht. Denn Rita hatte ihr das Notenbündel erschrocken aus der Hand gerissen. Ihr bürgerlicher Ordnungssinn war erwacht. Außerdem hatte sie gesehen, daß es ein Stück weiter einen

Carabinieri-Posten gab. Schon ging Rita entschlossen auf das Gebäude zu, in dem Recht und Ordnung beheimatet waren.

Fassungslos starrte Jacqueline ihrer Mutter nach. »Mänsch, Rida!« rief sie. »Das is doch geene Bang! Und die Bull'n wächsl'n ooch nich eens zu eens!«

Doch Rita war bereits hinter der Tür des Polizeireviers verschwunden. So blieb Jacqueline nichts anderes übrig, als hinter ihr her zu rennen. »Nüschd als Ärger in dies'm äwich'n Rom«, schimpfte sie. »Ärsd där Dieb, dann dän Babba verlor'n, und nu is ooch noch die Mama verrüggd gäword'n!«

Dann verschwand auch sie im Polizeirevier. Vielleicht ließ sich das Schlimmste ja doch noch verhüten – schon wegen dem Babba. Der würde doch einen Wutanfall bekommen, wenn er erfahren mußte, wie leichtsinnig Rita mit den vielen Devisen umgegangen war, die ihr da quasi in den Schoß gefallen waren.

Wo er jetzt bloß steckt, der Babba, dachte Jacqueline wehmütig, ehe der Lärm des Polizeireviers über ihr zusammenschlug. Doch eine Antwort auf diese Frage gab es nicht.

Nicht einmal Udo selbst hätte gewußt, wo er eigentlich war. Es war ihm lediglich klar, daß er noch immer verzweifelt durch die Straßen Roms tuckerte. Der wahnwitzige Verkehrsstrom ließ Schorsch einfach nicht los und schien kein Ende nehmen zu wollen. Immer sinnloser wurde seine Suche nach Weib und Kind. So wirkte Schorsch wie ein blauer Pudel in wilder Prärie, während der Abendhimmel über Rom immer tintiger und schwärzer wurde.

Zwei Damen auf freier Wildbahn

In dem Raum, in dem Rita und Jacqueline gelandet waren, herrschte ein unbeschreibliches Chaos. Dicht an dicht drängten sich krakeelende Rocker, lamentierende Huren, schmierige Zuhälter, bestohlene Freier, fromm dreinblikkende Kleriker, kleine Taschendiebe sowie ganze Rudel von Touristen. Ganz am hinteren Ende des muffigen Amtszimmers stand ein uralter Schreibtisch. Riesige Aktenberge türmten sich auf der verschlossenen Platte, unerledigte Vorgänge häuften sich, unvollständige Protokolle waren dazwischengestopft. Hinter dem Schreibtisch, von der Papierflut fast völlig verdeckt, hockte ein in langen Dienstjahren abgestumpfter Carabiniere und ließ stoisch die Flut der Anzeigen, Beschwerden, Anschuldigungen, Behauptungen und Gegenbehauptungen, Beteuerungen, Schwüre, Beweise und Lügen über sich ergehen. Hinter dem Polizisten stand ein riesiger Aktenschrank, bis oben hin vollgestopft mit Ordnern, Formularen und Pappmappen. Hunderte von Fällen und Vorgängen. Und wie die Akten aussahen, war kein einziger von ihnen zufriedenstellend gelöst.

Mit mächtigem Ellenbogeneinsatz kämpfte sich Rita zum Schreibtisch des Carabiniere durch. Die Flüche der hier versammelten illustren Gesellschaft begleiteten sie. Dichtauf folgte Jacqueline, die sich noch immer bemühte, ihre Mutter aus diesem Kuriositätenkabinett urbanen Wahnsinns wieder herauszuzerren. Rita ließ sich jedoch nicht stoppen, auch wenn Jacqueline sich noch so vehement an ihre Rockzipfel hängte, und erreichte zuletzt den Carabiniere. Kaum stand sie vor ihm, schien sie jedoch plötzlich vor ihrer eigenen Courage zu erschrecken. Auf einmal war

sie nahezu sprachlos und suchte verzweifelt nach Worten. Denn sie hatte in Bitterfeld ja leider nie Italienisch gelernt. So war es der Polizist, der schließlich knapp fragte: »Prego, Signora?«
Da stotterte Rita notgedrungen los: »Meene Dasche ... mia borsa ... schgibbadore rubado ... Gängsdär, Banditto ... Maschina mobbedosa ... ooch, jää ... Fodografia, geglaud ...« Zur Illustration deutete sie abwechselnd auf ihre Handtasche, dann wieder auf den japanischen Fotoapparat.
Der Carabiniere zeigte sich verständlicherweise völlig ratlos. Skeptisch und immer skeptischer blickte er die wild gestikulierende Sächsin an. Man sah ihm an, wie er angestrengt nachdachte: Das Opfer einer Vergewaltigung? Oder einfach eine teutonische Furie?
»Dänaro ... Lire, muldo Lire!« schrillte Rita.
Der Polizeibeamte lächelte. Endlich hatte er begriffen. Man hatte ihr die Reisekasse geklaut. Er nickte, schob Rita dann ein fleckiges Formular über den Schreibtisch, bedeutete ihr, daß sie einfach nur unterschreiben sollte. Ansonsten war das Formular bereits fertig ausgefüllt. Ritas Fall stellte nur einen unter täglich tausend ähnlich gelagerten dar.
Rita verwahrte sich empört gegen das Ansinnen. »No, no, no!« rief sie. Dann reichte sie dem Carabiniere das dicke Bündel Geldscheine, das Jacqueline in der Brieftasche des Scippatore gefunden hatte.
Der Polizist schien der Verzweiflung nahe. Es war ja nur zu verständlich! Wollte diese Verrückte, nachdem man sie bestohlen hatte, ihm ihr restliches Geld anvertrauen? Sein Blick irrte gehetzt durch den Raum und fiel dann plötzlich auf die Armbanduhr. Sofort leuchteten die Augen des Carabiniere auf. Es war Feierabend. Gerade noch rechtzeitig!

Blitzschnell klappte der Beamte die vor ihm liegende Akte zu und bellte über das Tohuwabohu hin: »Chiuso! Chiuso!«
Danach erhob er sich und schob die lärmende, keifende, protestierende Menge ganz einfach ins Freie. Auch Rita und Jacqueline. Während der Carabiniere erschöpft die Tür zu seinem Revier verriegelte und sich sein Abendbrot aus der Schreibtischschublade holte, hielt Rita draußen noch immer das dicke Notenbündel in der Hand.
Sie hielt es auch noch umklammert, als sie und ihre Tochter schon langsam die Gasse hinuntertrotteten. Zwei hilflose Frauen aus Bitterfeld, ausgepumpt, abgerissen, erschöpft, einfach hineingespuckt in die Gassen und Straßen der riesigen, lärmenden fremden Stadt.
Jacqueline fand als erste die Sprache wieder. Es geschah vor den Schaufenstern einen exquisiten Boutique. »Där Gärl had deene Bluse uff däm Gäwiss'n«, stellte die Siebzehnjährige kategorisch fest. »Und däswäg'n gann er dir ooch 'ne neue goof'n!« Damit hakte sie kurzerhand ihre Mutter unter und zerrte sie zum Eingang der Boutique. Halbherzig leistete Rita noch Widerstand. Doch der wurde von Jacqueline autoritär unterdrückt: »Du weesd doch gar nich, wasde dusd! Du schdähsd doch noch diregddemang under Schogg!«
»Und där Babba?« brachte Rita nur noch heraus.
»Där Babba, där Babba!« räsonierte Jacqueline. »Aber wenn de willsd, bleib' ich äb'n hier drauß'n schdäh'n. Wänn Schorsch in där Nähe is', wärd' ich'n schon bämärg'n. Dän riech' ich doch um drei Egg'n rum!«
Jacquelines Nasenflügel bebten. Ihr feiner Geruchssinn prüfte die Abgase Roms. Doch nach Schorsch duftete es nicht. Da schob Jacqueline ihre Mutter durch die Ladentür – und Rita ließ sich plötzlich gar nicht mehr so ungern

schieben. Jacqueline bezog draußen ihren Schnupperposten. Sie schnupperte allerdings nicht sehr lange. Denn plötzlich kam Rita zurück, packte sie am Arm und zerrte sie mit in die Boutique. Da war er wieder: der Bitterfelder Biß.

Als die beiden nach geraumer Zeit wieder auf die Straße traten, waren sie kaum wiederzuerkennen. Zunächst einmal strahlten und kicherten sie wie zwei übermütige kleine Mädchen. Doch auch ihr Outfit hatte sich grundlegend verändert. Jacqueline trug nicht länger ihre aufgeschlitzten Jeans, sondern einen noch viel aufregenderen Minirock. Darüber eine zierliche weiße Bluse mit Leibchen. Beinahe hätte sie so als völlig erwachsene Frau durchgehen können. Beinahe – denn ihre freche Haartracht war geblieben. Und auch die Plastiktüte, in der sie ihre alten Kleider verstaut hatte, symbolisierte noch ganz die unkomplizierte »Jacqui« aus Bitterfeld. Sie hatte die Neuerwerbungen sofort auf der Haut spüren müssen. Aber von dem geliebten Alten wollte sie eben auch nicht lassen.

Ganz anders Rita. Sie trug noch immer ihre alte Bluse; allerdings hatte eine Näherin in der Boutique sie dermaßen gekonnt repariert, daß im Prinzip eine ganz neue Kreation entstanden war. Weitere Kreationen der italienischen Modekunst trug Rita vorerst noch in einer großen Tasche mit sich. Sie hatte sich geweigert, die neuen Sachen gleich auf der Stelle anzuziehen, wollte zuerst noch die Vorfreude genießen. Das war der Unterschied zwischen Mutter und Tochter: Jacqueline packte jede Gelegenheit spontan beim Schopf; Rita pflegte große Momente in aller Ruhe und sehr genießerisch vorzubereiten.

Jetzt schwenkte sie in der freien Hand den immer noch ansehnlichen Packen von Banknoten. »Und was fang' mer jedze damid an?« fragte sie ein wenig ratlos.

Jacqueline schnappte sich blitzschnell das Geld und zählte es mit fliegender Hast durch. »Nu gäh'n mer ersd mal duschen«, verkündete sie anschließend.
»Und där Babba?« wandte Rita leicht zögerlich ein.
»Där Babba, där Babba«, maulte Jacqueline einmal mehr. »Där had Schorsch. Wie 'ne Schildgröde ihr'n Banzer. Und wänn mer'n heude nich mähr säh'n, dann schbädsdn's morgen früh auff där Span'schen Drebbe. Um elfe. Had er doch gesaachd. Esbresso und Hörnsch'n ...«
Damit war die Frau Mama überredet. Einträchtig hakten Rita und Jacqueline sich unter und verschwanden beschwingten Schrittes um die nächste Ecke. Bald erreichten sie wieder die Hauptstraße mit ihrem mörderischen Verkehr. In der Ferne blinkte die Neonreklame eines Nobelhotels. Rita und Jacqueline wurden davon angezogen wie von einem Magneten. So übersahen sie völlig einen kleinen, blauen Trabi, der drei Spuren weiter Richtung Schnellstraßenmitte im Stau steckte. Und Udo, den seine Irrfahrt wieder ganz in die Nähe seiner Damen geführt hatte, übersah dieselben ebenfalls. Er sah nämlich nur noch Stoßstangen um sich herum und hatte das Gefühl, den Rest seines Lebens als eine Art sächsischer Ahasver die mörderischen Straßen Roms durchirren zu müssen.
Das Hotel war in der Tat äußerst nobel. Der Herr am Empfang wirkte wie ein Direktor und ein Filmstar in Person. Der Direktionsassistent höchstpersönlich nahm den Zimmerschlüssel vom schwarzmarmornen Brett. Noch einmal wollte Rita sich verschämt gegen all dies hier sträuben, wollte fliehen. Doch Jacqueline saß ihr rigoros im Nacken und trieb sie dem Direktionsassistenten hinterher, der bereits den Lift ansteuerte. »Prego, Signora, Signorina«, säuselte er. »Wenn Sie mir bitte folgen wollen!«
Rita und Jacqueline folgten, die erstere zaghaft und stol-

pernd. Von solchem Luxus, wie allein das Foyer ihn zeigte, hatte sie in Bitterfeld höchstens angstträumen können. Verzweifelt flüsterte sie Jacqueline noch einmal zu: »Und där Babba?« Doch ihre Tochter blickte lediglich genervt zur stuckverzierten Decke.

Der Lift entschwebte lautlos himmelwärts. Kein Vergleich mit den rumpelnden Paternostern, die Rita und Jacqueline von sächsischen Amtsgebäuden her kannten. Hier, im Nobelhotel, ging alles ganz lautlos – die Fahrt des Lifts, das Öffnen und Schließen der Türen – und der Direktionsassistent duftete erregend nach einem herben Herrenparfüm. Seine Stimme klang unendlich sanft, als er zuletzt eine Tür öffnete und sagte: »Die Suite Paradiso!«

Jacqueline und Rita traten ein. »Buona notte, Signorine!« flötete der Direktionsassistent. Rita wollte ihm in ihrer Verzweiflung einen größeren Geldschein aus ihrem Banknotenbündel zustecken, doch der smarte junge Mann schüttelte nur lächelnd den Kopf und entschwand. Er konnte auf das Trinkgeld gerne verzichten. Die Rechnung würde später schon noch präsentiert werden!

Doch an solch profane Dinge konnten und wollten Rita und Jacqueline im Augenblick nicht denken. Kaum hatten sie die Suite gesehen, glaubten sie sich in ein Märchen aus Tausendundeiner Nacht versetzt: Seidentapeten, Kristallüster, offener Kamin, Stilmöbel, alte Meister an den Wänden, Marmorsäulen, Baldachin über dem Doppelbett, seidenbezogene Kissen; sogar Zierpalmen in riesigen Bronzekübeln gab es. Es war wirklich und wahrhaftig ein Paradies, eine andere Welt, vielleicht sogar auf einem anderen Stern. Zumindest unendlich weit weg von Bitterfeld.

»Gneif mich mal!« bat Rita ihre Tochter nach endlosen Minuten des Staunens.

Ehe Jacqueline ihr den Gefallen tun konnte, klingelte es.

Ein Hausmädchen schwebte in die Suite, mindestens so schön wie eine Nachwuchsschauspielerin beim Film, und überreichte den beiden Sächsinnen je eine weiße Orchidee. Der Orchideenfee auf dem Fuß folgte ein livrierter Diener. Auf einem Silbertablett trug er zwei gefüllte Champagnerschalen. Zögernd griffen Rita und Jacqueline zu. Lautlos verschwanden das Hausmädchen und der Diener.
Rita und Jacqueline nippten zuerst nur vorsichtig am prikkelnden Champagner. Doch sie kamen schnell auf den Geschmack und leerten die Schalen bis zur Neige. Das edle Getränk ging ihnen unvermittelt ins Blut. Beschwingt tänzelten Mutter und Tochter auf den Balkon hinaus.
Zu ihren Füßen lag Rom. Rom, soweit das Auge reichte. Ein Lichtermeer von Horizont zu Horizont. Steingewordene zweieinhalbtausendjährige Geschichte, bisweilen glanzvoll, bisweilen blutig. Doch daran dachten Jacqueline und Rita in diesem Moment nicht. Sie waren ganz einfach sprachlos. Rita war außerdem den Tränen nahe. Endlich riß sie sich von dem unglaublichen Anblick los, blickte auf ihre Armbanduhr aus dem HO-Laden und verkündete: »In Bidderfäld is' es nu zähn nach zähne!« Daraufhin schneuzte sie sich dröhnend in ihr Taschentuch. Ihr seelisches Gleichgewicht war notdürftig wiederhergestellt. Jacqueline indessen guckte immer noch verträumt auf Rom.
Erst unter der Dusche kam auch sie wieder einigermaßen zu sich. Rita hatte sich schon vor ihr frisch gemacht. Jetzt lagen die beiden Sächsinnen im ausladenden Himmelbett, Rita in einen weiten Hotel-Bademantel gehüllt, Jacqueline lediglich in ein knappes Handtuch. So empfingen sie die beiden Hoteldiener, die ihnen das Abendessen servierten: Antipasti, Pasta, Hummer, Fasan mit Trüffeln und Früchten, dazu erlesene Weine. Ungeniert genossen Rita und

Jacqueline das Dolce vita. Die Hoteldiener zogen sich diskret zurück.
»Wänn jädzd nur där Babba hier sein gönnde!« seufzte Rita.
»Denn würde aber das Bedde grachen!« quietschte Jacqueline.
Rita nahm es ihr nicht übel. Sie schmunzelte lediglich sentimental.
Wenig später waren von dem erlesenen Dinner nur noch Knochen, Kerne und leere Flaschen übrig. Reichlich beschwipst beobachteten Rita und Jacqueline den Hotelboy beim Abräumen der Reste. Er sah schlank, rank und in Sachen Erotik ziemlich leistungsfähig aus. Ein richtiger Paparazzo eben, wenn auch im dunklen Anzug.
Jacqueline rülpste behaglich. »Nu, nähm' wa dän als Nachschbeise?« wandte sie sich an ihre Frau Mama. Gleichzeitig streckte sie dem hübschen Italiener übermütig ein nacktes Bein entgegen.
Der Boy musterte es in untadeliger Haltung und mit unbewegter Miene und zog sich dann samt Servierwagen langsam zur Tür zurück. Dort freilich schien er sich eines Besseren zu besinnen, drehte sich um und fragte mit unverschämtem Grinsen: »Soll ick noch meen' Kumpel hol'n? Denn mach'n wa 'n Vierer!«
Rita prustete los, während Jacqueline blitzschnell unter der Bettdecke verschwand, so sehr schämte sie sich. Der Hotelboy erklärte grinsend: »Ick bin nämlich in Berlin uffjewachsen! Det wollte ick jesaacht haben. – Wenn die Damen noch een'n Wunsch haben?«
Die Damen hatten nicht. Jacqueline stöhnte verhalten unter ihrer Decke, und Rita konnte vor Lachen kaum noch an sich halten. Sie brachte es gerade noch fertig, abwehrend den Kopf zu schütteln. Der Hotelboy verschwand,

nun wieder mit ernster Miene und in tadelloser Haltung. Es ließ sich nicht genau sagen, ob er sich bloß amüsierte – oder vielleicht doch ein wenig enttäuscht war.

Rita und Jacqueline hatten noch eine Flasche Champagner übrig. Sie tranken weiter. Doch jetzt waren sie nicht mehr so übermütig. »Dengsde an Udo?« fragte Jacqueline.

»Hmmm«, machte Rita.

»Geene Angst, morg'n hasd'n wieder – dein'n Babba«, sagte Jacqueline weich. »In Schorsch gann er sich ja nich verloof'n.« Sie lachte, aber es klang ein klein wenig wehmütig. Auch sie verspürte plötzlich Sehnsucht nach dem Babba.

Rita dagegen wirkte plötzlich unheimlich ernst. »Du, Schaggi ...«, begann sie. Dann richtete sie sich kerzengerade im Bett auf und setzte hinzu: »Ich gloobe, ich bin schwanger ...«

»Du spinnst!« gellte Jacqueline – vor lauter Entsetzen hochdeutsch.

»Ne!« Rita schüttelte den Kopf. »Eine Frau fühld das, weeßde ...«

Fassungslos saß Jacqueline da. Mit siebzehn sollte sie noch ein Geschwisterchen bekommen. Einfach nicht auszudenken! Doch dann siegte ihre Fähigkeit, die Dinge so zu nehmen, wie sie eben kamen. Sie hob die Champagnerschale, prostete ihrer Mutter zu und rief überschwenglich: »Nu denn, uff Udo!«

»Wo immer är jedze grade is'«, gab Rita wehmütig zurück.

»Nu, wo soll är dänn schon sein? Bänsjon Sachsenruh«, quietschte Jacqueline.

Dann gähnte sie ausgiebig. Es war ein langer Tag gewesen. Die Augen fielen ihr zu. Eine Minute später war Jacqueline eingeschlafen. Rita lag noch ein Weilchen wach und dachte an Udo. Und dann wurde auch sie vom Schlaf überwältigt.

Schorsch auf Abwegen

Es wurde eine turbulente Nacht in der »Pension Sachsenruh«. Denn so einfach entließ der römische Verkehr einen vorwitzigen Sachsen nicht aus seinen Klauen. Ungefähr zur gleichen Zeit, da Rita und Jacqueline in ihrer Suite ihr opulentes Nachtmahl genossen, hatte Udo das erste halbe Dutzend Stadtrundfahrten dieser höllischen Nacht hinter sich gebracht. Immerhin hatte die vergebliche Suche nach seinen Damen und sein einsamer Kampf gegen den römischen Verkehr auf höchstem touristischem Niveau stattgefunden. Udo hatte inzwischen nahezu alle Sehenswürdigkeiten Roms erblickt, wenn auch anders, als er es sich gewünscht hatte. Mehrmals war er am Konstantinbogen vorbeigekommen; das Kolosseum kannte er mittlerweile von allen Seiten, und auch die Spanische Treppe war immer wieder aufgetaucht – leider ohne Rita und Jacqueline darauf. Und Schorsch war weiter und weiter gerollt, einen total verschwitzten Udo am Steuer, einen Mann, der in diesen Stunden sämtliche Sünden seines Lebens abbüßte und dessen Nerven bis zum Zerreißen gespannt waren.
Mehrmals war Udo sogar an dem feinen Hotel vorbeigekommen, doch er hätte schon ein Hellseher sein müssen, um hinter der prunkvollen Fassade seine beiden Damen zu vermuten. Jetzt, es war schon spät in der Nacht, passierte Schorsch einmal mehr das Castel Sant' Angelo, die Engelsburg, erbaut dereinst als Grabmal des Kaisers Hadrian, später die stärkste und bedeutendste Festung der Stadt Rom. Im 16. Jahrhundert hatte sich ein Papst vor den Landsknechten Kaiser Karls V. hinter die massiven Quadermauern flüchten müssen. Doch vermutlich hatte sich selbst dieser weniger verzweifelt gefühlt als der Deutsch-

lehrer aus Bitterfeld im Jahre 1990. Außerdem war der Papst seinerzeit wieder freigekommen. Udos Leiden hingegen schienen überhaupt kein Ende mehr nehmen zu wollen. Doch zuletzt hatte sogar das unbarmherzige Rom ein Einsehen mit dem einsamen Wanderer. Als er bereits alle Hoffnung aufgegeben hatte, entdeckte Udo endlich einen Parkplatz. So konnte er dem römischen Verkehr zuletzt doch noch entrinnen, vorübergehend wenigstens. Udo parkte den Trabi stotternd ein, stellte den Motor ab und legte den Drei-Wege-Benzinhahn um. Alle Systeme stopp! Ende der Irrfahrt! Total erschöpft, ausgelaugt und deprimiert sank Udo aufs Lenkrad. »Nä, nä, nä«, murmelte er noch und war bereits eingeschlafen.
Mitternacht rückte näher. Schon in der Antike hatte Rom niemals wirklich Ruhe gekannt. Tagsüber hatte es sein Weltreich beherrscht, nachts waren die zahllosen Karren der Fleisch- und Gemüsehändler durch die engen Gassen gerumpelt.
Die Wesen, die sich jetzt, im Jahr 1990, aus der Nacht lösten, waren da schon attraktiver. Es handelte sich um vier übermütige junge Römerinnen, langhaarig, langbeinig, vom Wein und vom Nachtleben beschwingt. Kichernd und scherzend bummelten sie durch die Straßen – und jetzt entdeckten sie Schorsch.
Sie umringten den Trabi, betrachteten amüsiert das merkwürdige Gefährt – und auch Udo, der immer noch über dem Lenkrad hing und schnarchte. So etwas hatten sie noch nie gesehen, und Autos dieser Art kannten sie bestenfalls aus dem Museum. Jedenfalls mußte dieses rollende Fossil untersucht werden. Sie begannen Schorsch zu schaukeln, ganz begeistert von dieser macchina fantastica, dem automobile bella.
Als Schorsch dergestalt in Bewegung geriet, wurde Udo

jäh aus seinen Träumen gerissen. Im ersten Augenblick freilich hielt er das, was er sah, immer noch für eine Vision. Ein wunderschönes Mädchen hatte sich auf die Kühlerhaube geschwungen und zeigte dort ein paar makelloser schwarzbestrumpfter Beine. Zwei andere lächelten zu den Seitenfenstern herein, und auch auf Schorschens Kofferraumdeckel war etwas zu erkennen, das nur als sitzende weibliche Gestalt zu deuten war. Das konnte nur ein Traum sein. Doch das abermals einsetzende Schaukeln bewies Udo endgültig, daß es Wirklichkeit war. Wie aber kamen diese vier Grazien dazu, dermaßen respektlos auf Schorsch herumzuturnen?

»Nä, nä, nä!« machte Udo, ganz genau wie einige Stunden zuvor. Dann riß er die Tür auf, um die ungebetenen Gäste zu verjagen. Allerdings blieb der löbliche Vorsatz bereits im Ansatz stecken. Denn die vier Römerinnen deuteten das Öffnen der Tür als einladende Geste, und auf der Stelle war Udo von Armen und Beinen förmlich umzingelt. Seine Versuche, die Mädchen am Eindringen in sein putziges Schneckenhaus zu hindern, verloren daraufhin in Sekundenschnelle an Energie. Schon ächzten Schorschens Federn unter der Last eines Sachsen und vier rassiger römischer Mädchen. Eng war es plötzlich im Trabi, entsetzlich und gleichzeitig herrlich eng. Dazu redeten die vier Römerinnen ununterbrochen und gleichzeitig auf ihn ein, wobei sie ihren Worten mit exaltierten Gesten Nachdruck verliehen. Udo verstand zwar kein Wort, begriff aber doch, was sie von ihm wollten: eine Spritztour mit ihm und Schorsch als Höhepunkt ihres ausgelassenen Abends.

Immer wieder war aus dem allgemeinen Redeschwall der Name Giorgio herauszuhören. Udo versuchte sich auf das Gespräch zu konzentrieren und konnte diesem mit Hilfe seiner Italienischkenntnisse immerhin entnehmen, daß es

sich bei Giorgio um einen Eisverkäufer handeln mußte, und zwar um einen sehr ungewöhnlichen. Und da es auch Udo inzwischen ziemlich heiß geworden war, hatte er gegen eine abkühlende Spritztour auf einmal nichts mehr einzuwenden. Außerdem war es für eine Flucht sowieso schon zu spät. So fügte sich Udo – gar nicht so ungern – in sein Schicksal, drehte den Benzinhahn wieder auf und startete den Trabi. Schorsch schaukelte davon, erst angestrengt, dann zusehends munterer, und diesmal mußte Udo nicht mehr in die Irre fahren. Kreischend und quietschend vor Vergnügen gaben ihm die Mädchen ihre Anweisungen, und wenn Udo sie nicht rasch genug begriff, griff ihm auch mal eine der Damen ganz ungeniert ins Steuer.
Eines der Mädchen hatte außerdem Jacquelines Kassettenrecorder entdeckt und eingeschaltet, und sogleich fielen die vier begeistert in den Refrain von Gianna Naninis Rocksong ein.
»Dräh' die Affenmusig ab, aber uf där Schdelle!« raunzte Udo sogleich, einer alten Gewohnheit folgend. Doch die Römerinnen sangen nur um so lauter. Schließlich hatten sie ihn ja auch unmöglich verstehen können.
Das Mädchen, das neben ihm halb saß, halb lag, richtete seine glühenden Katzenaugen auf ihn. Welch ein Blick! Udo hatte plötzlich einen mächtigen Kloß im Hals. Und so protestierte er nicht weiter, sondern ergab sich in sein schweres Schicksal. So dauerte es auch gar nicht lange, bis aus dem vierstimmigen Chor im Inneren des Trabis ein fünfstimmiger geworden war. Denn jetzt sang sogar Udo begeistert die »Affenmusik« mit.
Wieder glitten zahllose römische Sehenswürdigkeiten an Schorsch vorüber, und in diesem Augenblick erschienen sie Udo als wunderschön. Zuletzt tuckerte Schorsch über die Passagiato del Gianicolo und kam auf der Piazza Gari-

baldi zum Stehen. Schwupp, schon war der Benzinhahn zu. Hier wollte Udo gerne bleiben, auch wenn sich hier sämtliche Liebespärchen Roms ein nächtliches Stelldichein zu geben schienen. Doch nicht diese machten den Reiz des Ortes aus, sondern ein geradezu einzigartiger Blick auf Rom.

»Nä, nä, nä!« machte Udo zum drittenmal in dieser Nacht, doch diesmal aus echter Begeisterung. Wie gebannt ließ er sich von seinen vier Mädchen über die Piazza ziehen. Arm in Arm führten sie ihn zum schönsten Aussichtspunkt, wo kein einziges Gebäude mehr den unglaublichen Blick hinunter auf Rom verstellte. Udo stand und staunte, links und rechts von je zwei hinreißenden Römerinnen flankiert. So gut hatte es bestimmt nicht mal Johann Wolfgang von Goethe gehabt. Udo konnte sich überhaupt nicht satt sehen. Die Mädchen ließen ihn schwelgen und hatten auch nichts dagegen, daß er den nächststehenden zärtlich die Arme um die Taille legte. Dann jedoch wurden sie durstig und schleppten ihn weiter: nunmehr zu Giorgio, dem berühmten Eisverkäufer. Zu später Stunde hielt dieser für seine Stammkunden neben zahlreichen Eissorten auch gutgekühlten Champagner unter dem Tresen seiner bunten Bude bereit – ohne Lizenz, versteht sich. Als Giorgio Udo mit seinen vier Begleiterinnen erblickte, ließ er bereitwillig die Korken knallen.

»Salute!« riefen die Mädchen lachend ihrem Trabipiloten zu. Der Champagner perlte und spritzte.

»Nu, dänn brosd!« erwiderte Udo ungelenk und trank. Ebenso schnell wie Jacqueline und Rita zu einer anderen Zeit und an einem anderen Ort stieg ihm der Champagner zu Kopf, und erhabene Gefühle breiteten sich in ihm aus. Unendlich nahe fühlte er sich ihm in diesem Moment, dem über alles verehrten Dichterfürsten. Und so begann er, während seine vier Römerinnen ihm erstaunt lauschten, Goethe zu rezitieren:

»O wie fühl ich in Rom mich so froh! gedenk ich der Zeiten,
Da mich ein graulicher Tag hinten im Norden umfing,
Trübe der Himmel und schwer auf meine Scheitel sich senkte,
Farb- und gestaltlos die Welt um den Ermatteten lag,
Und ich über mein Ich, des unbefriedigten Geistes
Düstre Wege zu spähn, still in Betrachtung versank.
Nun umleuchtet der Glanz des hellen Äthers die Stirne;
Phöbus rufet, der Gott, Formen und Farben hervor.
Sternhell glänzet die Nacht, sie klingt von weichen Gesängen,
Und mir leuchtet der Mond heller als nordischer Tag.«

Vermutlich hatten die vier römischen Ragazze kein einziges Wort von Goethes Siebter Römischer Elegie verstanden, doch zumindest war etwas von der inneren Bewegung des Vortragenden auf sie übergegangen. Denn sie waren während des poetischen Vortrags ganz erstaunlich leise geworden, und zuletzt verstummten sie für einen Augenblick ganz.

Udo nahm diese plötzliche Stille zum Anlaß, die Champagnerflasche schwungvoll dem römischen Nachthimmel entgegenzurecken. »Uff dein Wohl, Mama!« murmelte er. Dann leerte er sie bis zur Neige, wandte sich wieder seinen vier Begleiterinnen zu und umarmte sie heftig und streng der Reihe nach. Unglaublich frei und glücklich fühlte sich der Deutschlehrer aus Bitterfeld auf einmal; ein ganz neuer Mensch war er geworden.

In die rabenschwarze Mähne der vierten Römerin hinein murmelte er: »Das is' dein Daach, Udo Schdruudz!«

Giorgios Champagnerflaschen kreisten weiter, und glückliche Stunden verstrichen. Zuletzt begann sich der Himmel über Rom aufzuhellen. Über den Hügeln der Stadt – über Kapitol, Palatin, Aventin, Caelius, Esquilin, Viminal und Quirinal – ging langsam die Sonne auf und übergoß die Dächer, Kuppeln und Türme mit rötlichem, verheißungsvollem Licht.

Giorgio schloß seinen edlen Stehausschank. Bis in den späten Vormittag hinein wollte er nun erst einmal schlafen, und ab Mittag mußte er wieder Eis an die vielen Touristen verkaufen. Udo und die vier Mädchen hingegen weigerten sich, die berauschende Nacht jetzt einfach sang- und klanglos zu beenden. Sie wankten zum Wagen, ebenfalls ziemlich müde, auch nicht mehr nüchtern, aber trotzdem noch immer in allerbester Stimmung. Schorsch schien ähnlich zu empfinden. Auf Anhieb sprang er an. Dann rollte der Trabi mit Udo am Steuer und der süßen Mädchenlast talwärts. Die Ragazze hatten darauf bestanden, Udo auch noch zu weiteren Sehenswürdigkeiten Roms zu führen.

Schorsch ratterte also hurtig eine Serpentinenstraße hinunter. Weil ihn eines der Mädchen zu sehr ablenkte, schnitt Udo eine der vielen Kurven. Von unten näherte sich in diesem Moment ein krächzender Fiat 500. Er und der Trabi beanspruchten plötzlich dieselbe Fahrspur, nur wenige Meter voneinander entfernt – nur, der Fiat beanspruchte sie mit Recht. Udo riß in einem wilden Ausweichmanöver das Steuer herum, um dem kleinen Bruder Schorschens auszuweichen. Doch die Haken, die zu schlagen ihn sein Fahrer zwang, waren zuviel für Schorschens Einfachfahrwerk. So hob der Trabi, genau wie in München, mit den Rädern einer Seite von der Straße ab. Auf zwei Rädern rutschte er kreischend um die Kurve, jetzt zwar wieder auf der richtigen Fahrspur, aber in höchster Gefahr, umzukippen. Mit den Reifen um die Wette quietschten die Mäd-

chen, teils vor Schreck, teils vor Vergnügen. Mit schreckgeweiteten Augen beobachtete der Fiatfahrer das halsbrecherische Manöver und wäre um ein Haar gegen die Reste einer antiken Tempelmauer geknallt. Mit knapper Not rettete er sich um die nächste Serpentine.
Hinter der Kurve, ein Stück weiter bergab, landete Schorsch wieder auf seinen vier Beinen. Die Mädchen kreischten immer noch, klatschten aber gleichzeitig Beifall. Udo tätschelte liebevoll Schorschens Armaturenbrett, als wäre es der Hals eines edlen Rennpferdes. Dann stieß er übermütig die Faust nach oben – wie ein Panzerkommandant, der den Angriff befiehlt – und ließ einen gellenden Schrei hören: »Yeeaahh!«
Noch nie in seinem Leben hatte er sich so prächtig gefühlt, und noch nie war er so sorglos gefahren. So sah er auch die Reklamewand, die plötzlich vor Schorsch auftauchte, viel zu spät. Sein Freudengeheul und die begeisterten Rufe der Mädchen verwandelten sich in einen langgezogenen Entsetzensschrei. Die Reklametafel zeigte einen riesigen Tiger mit weitaufgerissenem Rachen. Eine endlose Sekunde lang schien das Untier drohend über dem Trabi zu hängen. Dann schoß Schorsch mitten in die greuliche Raubtiervisage hinein, sprang den Tiger an – und kam hinten, von flatternden Papierbahnen umzüngelt, wieder heraus.
Das Kreischen der römischen Mädchen hatte in diesem Augenblick etwas Homerisches, erinnerte es doch an jene Stellen, in denen sich der Dichter mit den schrecklichen Rufen der Kassandra beschäftigt. Udo dagegen brüllte sächsisch. Schorsch wiederum ließ Achsen, Federn und Stoßdämpfer schrillen, als er höchst unsanft auf einer Treppe aufschlug.
Die Treppe war ein edles Bauwerk der Renaissance, die breiten Stufen aus feinstem Marmor. Gepflegte Bäume

und Sträucher rahmten das Kunstwerk ein. Ganz am unteren Ende stand eine mächtige Zypresse. Schorsch schrammte mit seiner kreischenden und brüllenden menschlichen Ladung schräg abwärts. Immer wieder ratschte seine Bodenwanne über die Marmorkanten. Knirschend bohrte er sich mit der rechten vorderen Ecke in einen Strauch, der den rechten Kotflügel als Tribut behielt. Den linken ereilte wenige Meter weiter das gleiche Schicksal. Zuletzt schrammte der Trabi unter die ausladenden Äste der Zypresse hinein. Die Motorhaube zerbarst in einer Wolke von Splittern. Der Motor maulte noch ein wenig nach und erstarb. Vier römische Mädchen und ein lädierter Deutschlehrer aus Bitterfeld torkelten ins Freie und starrten entsetzt auf das, was von dem bonbonblauen Trabi übriggeblieben war.

Udo stand da wie gelähmt. In seinen Augen bildeten sich langsam dicke Tränen. Das Ende einer zwanzigjährigen Freundschaft schien gekommen.

Udo merkte nicht, wie die vier Mädchen miteinander zu tuscheln begannen und offenbar einen Plan ausheckten. Dann kam eine der Römerinnen zu Udo, umarmte ihn tröstend und sagte ihm etwas ins Ohr. Die anderen Ragazze lächelten zaghaft. Udo verstand nur die Hälfte von dem, was die Schöne ihm mitteilte. Er schniefte noch ein wenig, doch auf wundersame Weise schien er neuen Mut gefaßt zu haben.

Wenig später hing Schorsch erneut an der Krannase eines Abschleppwagens. Diesmal steuerte den Laster jedoch kein Berliner, sondern ein Römer. Und diesmal mußte Udo auch nicht allein hinter dem Lenkrad klemmen. Zwei seiner Mädchen leisteten ihm nach wie vor Gesellschaft. Die anderen beiden machten unterdessen dem Mann vom Abschleppdienst schöne Augen.

Auf zwei Rädern kam Schorsch bedeutend leichter durch den römischen Verkehr als am Vortag auf vieren, vielleicht, weil Udo heute nicht steuern mußte.
Die hochkant dahinrollende Trabi-Ruine passierte eine der unzähligen Gassen der Innenstadt. In einem der Häuser gab es einen Coiffeur-Salon. Ein junges Mädchen schob soeben eine Dame mittleren Alters rigoros durch die Eingangstür. Udo sah die beiden nur ganz kurz aus den Augenwinkeln. Trotzdem erinnerten sie ihn sogleich an Rita und Jacqueline, auch wenn er es nicht hätte beschwören können. Der Abschleppwagen mit Schorsch am Haken war zu schnell gefahren. Wenig später hielt er bei einer morschen Bretterbude, vor der zwei verrostete Zapfsäulen standen: eine Tankstelle mit Autoreparaturwerkstatt.
Das Vorderteil von Schorsch wurde erdwärts gekurbelt, und die vier Mädchen begannen mit den Mechanikern zu verhandeln. Sie taten dies auf sehr weibliche und offensichtlich unwiderstehliche Weise. Denn die beiden jungen Mechaniker strahlten und fielen über das malträtierte Trabi-Wrack her, als täten sie es für ihre Liebste. Zwei der Römerinnen blieben in der Werkstatt zurück. Die beiden anderen zerrten den widerstrebenden Udo mit sich zu einem Eiscafé, drei Straßen weiter. Der fügte sich notgedrungen in sein Schicksal, auch wenn er eigentlich viel lieber bei seinem blessierten Schorsch geblieben wäre.
Einige Stunden später brachten die Mädchen Udo zu der Bretterbude zurück. Eine der beiden stieß einen schrillen Pfiff aus. Auf dieses Zeichen hin öffnete sich langsam die Brettertür. Dahinter standen die beiden anderen Mädchen sowie die Mechaniker. Sie strahlten, als hätten sie soeben das Automobil erfunden. Und zwischen ihnen stand Schorsch. Allerdings hatte Udo Mühe, seinen Liebling wiederzuerkennen.

Schorschens neue Kotflügel waren einem Opel entliehen, und seine Schnauze erstrahlte in französischem Charme: Ein Renault hatte dem Trabi Kühlerhaube samt Grill überlassen müssen. Darüber hinaus sah Schorsch aus, als sei er nacheinander in ein halbes Dutzend Farbtöpfe gefallen. Sozusagen frisch geschminkt war er, doch jede seiner Blechpartien anders. Nur seine treuen Kulleraugen waren unverändert geblieben. Und die guckten jetzt eigentlich schon wieder ganz unternehmungslustig.

Udo streichelte Schorschens verwandelte Flanken und machte sich auf diese Weise wieder mit ihm vertraut. Dann zückte er die Brieftasche. Doch die Mechaniker winkten generös ab. Die Mädchen hatten die Angelegenheit bereits geregelt. In der kommenden Nacht durften die Karosseriekünstler die vier Schönheiten zu Giorgio begleiten. Es blieb Udo nichts anderes übrig, als sich von Herzen für die wundersame Nothilfe zu bedanken. Viermal hintereinander küßte er einen römischen Mädchenmund, und beinahe hätten in seinem Überschwang auch noch die Mechaniker etwas abbekommen.

Doch zuletzt saß er glücklich wieder hinterm Steuer von Schorsch und fuhr zurück ins römische Verkehrschaos. Er hatte noch eine halbe Stunde bis zu seiner Verabredung an der Spanischen Treppe, und immerhin wußte er diesmal schon die ungefähre Richtung.

Neapel sehen und sterben

Der Kaffeetisch auf der Spanischen Treppe war für drei Personen gedeckt. Er stand direkt neben der Cafeteria. Udo hatte seinen Trabi günstig geparkt und dann das Bitterfelder Campingset aus dem Kofferraum geholt. Jetzt wartete auf dem rot-weiß karierten Tischtuch die Thermoskanne. Im Körbchen lagen frische Hörnchen aus einer nahen Bäckerei. Udo hockte daneben auf dem Treppenabsatz. Jetzt war er müde, unglaublich müde. Trotzdem schaute er sich immer wieder nach seinen beiden Frauen um, und zwischendurch blätterte er gedankenverloren in Goethes »Italienischer Reise«. Halblaut las er jetzt: »Zweiter Februar 1786. Von der Schönheit, im vollen Mondschein Rom zu durchgehen, hat man, ohne es gesehen zu haben, keinen Begriff ...«

Dieser Satz aus der Feder eines seiner Schüler, und der Rotstift des Deutschlehrers wäre in Aktion getreten. Doch Udo lächelte verständnisvoll. Möglicherweise hatte Johann Wolfgang eine ähnlich anstrengende Nacht hinter sich, als er diese Zeilen schrieb.

In der Erinnerung an seine eigenen Abenteuer fielen Udo die Augen zu, das Buch entglitt seinen Händen, das Kinn sackte auf die Brust, und er nickte ein.

Eine Minute später kamen Jacqueline und Rita die Treppe herunter. »Där Babba!« rief Jacqueline freudestrahlend und rannte wie ein Wirbelwind los. Ihre Mutter zog sie dabei mit festem Griff hinter sich her.

Rita hatte Mühe, mit ihrer Tochter Schritt zu halten. Kein Wunder, in den hohen Stöckelschuhen, die sie trug, war schon das Gehen eine Qual. Auch wurde Rita durch den engen Rock des auffallend bunten Modellkleids behindert, das sie gestern zusammen mit den Schuhen erstanden und an diesem Morgen erstmals angezogen hatte. Drittens mußte Rita auf ihre topmodische Kurzhaarfrisur achten, die noch ganz frisch war. Denn es war tatsächlich Rita gewesen, die ein paar Stunden zuvor von Jacqueline in den Coiffeur-Salon gedrängt worden war, wo man die biedere

Bitterfelder Dauerwelle durch einen frechen Schnitt nach der allerletzten Mode ersetzt hatte. So kam es, daß Udo seine Angetraute zuerst überhaupt nicht erkannte, als Mutter und Tochter den Babba erreichten und wieder zum Leben erweckten. Erst bei Jacquelines Anblick, die wenigstens nur neue Kleider trug, trat so etwas wie Erkennen in seine Augen. Trotzdem mußte er sich dieselben mehrfach wischen, ehe er sich unendlich langsam erhob und ungläubig stammelte: »Du, Rida?«

Die zwei kleinen Wörtchen bewirkten unendlich viel. Rita bekam richtig feuchte Augen. Dann drückte sie ihren Babba ganz fest und sagte mit glücklicher Stimme: »Das is' nu das ärsde Mal seid siebzähn Jahr'n, daß de nich Mama zu mir saachsd!«

Während des gemeinsamen Frühstücks auf der Spanischen Treppe herrschte dann nicht nur am römischen Himmel eitel Sonnenschein, auch wenn Rita nicht länger wie ein biederes deutsches Hausmütterchen, sondern fast wie ein Star wirkte. Doch hatte schließlich auch Schorsch eine grundlegende Veränderung seines Äußeren hinter sich, und deswegen hatte Udo blitzschnell seinen Frieden mit dem ungewohnt eleganten Outfit seiner Angetrauten gemacht. Rita und Jacqueline wiederum fragten nicht lange, was Udo eigentlich während der Nacht getrieben hatte. Seine Erklärung, daß Schorsch eben nicht ganz ungeschoren durch den römischen Verkehr gekommen sei, genügte ihnen angesichts der abenteuerlichen Summe, die sie ihrerseits im Nobelhotel verpraßt hatten. Hauptsache war, daß die Familie endlich wieder zusammengefunden hatte – und daß Schorsch trotz allem noch immer fahrbereit war.

So stand dem mittäglichen Aufbruch der Struutzens zuletzt nichts mehr im Wege. Brav quälte sich der Trabi noch einmal drei Stunden durch den römischen Verkehr, mög-

lichst immer in Richtung Süden. Dann lag die Stadt der ewigen Ärgernisse hinter ihnen, und der Trabi durfte endlich das wahre Ziel seiner Reise anpeilen: Neapel.
Zwei Tage später rollte Schorsch gemächlich über eine kurvige Küstenstraße. Ein Wegweiser tauchte auf und zeigte einen Parkplatz an. Schorsch keuchte zu einem Plateau empor, das hoch über dem Golf von Neapel hing, und blieb stehen. Udo, Rita und Jacqueline konnten ihr Glück kaum fassen. Nach einer abenteuerlichen Reise durch halb Europa endlich das verheißene Land vor Augen!
Mit strahlenden Augen, übermütig wie Kinder, verließen die Struutzens ihren treuen Plastebomber. Dann liefen sie die letzten Meter bis zu der Stelle, von der aus der Blick am allerschönsten war. Udo schwenkte die japanische Kamera. Und dann lag das Paradies direkt unter und vor ihnen: das Meer, der Vesuv, Neapel selbst.
Die sächsische Familie konnte das Wunder kaum fassen. Vor ihr lag die Erfüllung aller ihrer Träume. In ihrem Rükken blubberte Schorsch vergnügt im Leerlauf dahin. Selbst er schien in diesem Augenblick fröhlicher zu klingen als je zuvor in seinem bewegten Leben.
Nachdem er das Panorama ausgiebig genossen hatte, erinnerte Udo sich an sein drittes Auge: die japanische Kamera. Die hatte er schließlich mitgenommen, damit er später den daheimgebliebenen Bitterfeldern beweisen konnte, daß die Struutzens tatsächlich auf den Vesuv geblickt hatten. Jetzt ließ er das Objektiv ausfahren und befahl seinen Damen: »Schdälld euch mal vor Schorsche!«
Rita und Jacqueline begannen lachend zu posieren. Udo postierte den Fotoapparat vorsichtig auf einem Stein und betätigte den Selbstauslöser. Dann spurtete er zurück zu den Seinen, um auch die eigene Person gebührend ins Bild zu bringen.

»Familie Schdruudz vor däm Väsuf«, rief Udo begeistert aus. »Adem anhald'n und nich bäwäg'n!«
Wie ein Mann holten alle drei tief Luft und starrten dann bewegungslos in die Linse. Nur der Ausdruck ihrer Gesichter war verschieden. Udo guckte stolz, Rita versonnen, Jacqueline schnitt Grimassen.
In ihrem Rücken knirschte Kies. Langsam, zentimeterweise nur, setzte sich Schorsch in Bewegung. In seinem Überschwang hatte Udo vergessen, nach dem Anhalten die Handbremse anzuziehen.
Die Struutzens hielten noch immer den Atem an. Der Selbstauslöser ließ auf sich warten. Endlich klickte es doch. Erleichtert holten die drei Sachsen wieder Luft. Dann lief Udo zur Kamera, um sie zurück in den Trabi zu bringen. Im nächsten Augenblick schrie er entsetzt auf, so erschrocken, als sei plötzlich der Vesuv ausgebrochen. Doch nicht der Vulkan war schuld, sondern Schorsch. Der rollte nämlich inzwischen mit beträchtlicher Geschwindigkeit direkt auf eine enge Kurve zu, die er unmöglich schaffen konnte. Wenn er aber geradeaus weiterrollte, lag vor ihm ein fürchterlicher, senkrechter Abgrund, direkt zum Mittelmeer hinunter.
Udo, Rita und Jacqueline spurteten los, Schorsch hinterher. Im Vorbeirennen griff sich Rita blitzschnell noch Opas japanische Kamera. Der Trabi hatte die Kurve erreicht und verschwand aus dem Blickfeld. Ein Krachen und Bersten von Zweigen verkündete, daß Schorschens Fahrt nicht frei von Hindernissen war. Immerhin mußte ihn die Kollision mit der Hecke so aus dem Kurs gebracht haben, daß er die gefährliche Kurve wie durch ein Wunder gemeistert hatte.
Um dieselbe Hecke bogen die Struutzens nur Sekunden später. Und sie sahen vor sich eine zweite Kurve, ebenfalls

von Sträuchern und Bäumen gesäumt. Und sie sahen Schorsch, der nun einen langen Anlauf nahm und diese zweite Hecke frontal durchbrach. Dann war er verschwunden, wie vom Erdboden verschluckt. Nur einen Herzschlag später ertönte von tief unten herauf ein herzzerreißendes, splitterndes Krachen. Schorschens Todesschrei. Dann lähmende Stille. Nur das Meer gurgelte aus der Tiefe.
Rita, Udo und Jacqueline blieben entsetzt stehen, sprachlos, unfähig, die schreckliche Wahrheit wirklich zu begreifen. Minutenlang standen sie wie erstarrt. Dann rannten sie wie auf ein Kommando los: auf die Hecke zu, durch die der Trabi verschwunden war.
Hinter den dichten Sträuchern wurde ein durchbrochener Zaun sichtbar. »Dies war Schdruudsens Geschoß«, hätte Udo möglicherweise geäußert, sofern ihm noch nach Klassik zumute gewesen wäre. Jetzt aber, im Schock, konnte er nur noch in stummer Verzweiflung durch den Zaun taumeln. Hinter ihm taumelten Rita und Jacqueline. Und dann standen sie am Rand einer Klippe und blickten auf die See hinunter. Sie sahen jedoch nicht nur das blaue Mittelmeer. Sie sahen auch ein blaues Auto, das dort unten von der Brandung umspült wurde und von dem nur noch die vier Räder aus dem Meer ragten: Schorsch, zertrümmert wie eine vom Hochhaus gestürzte Schildkröte.
Selbst der sonst so unbekümmerten Jacqueline wurde die Brust eng. Rita schien noch gar nicht zu verstehen, was sie sah, und Udo trat schuldbewußt und verlegen von einem Bein aufs andere. Und dann setzte er mit zitternder Stimme zur Grabrede für den verblichenen Freund an. Daß er hochdeutsch sprach, verriet seine tiefe Bewegung: »In Schorsch haben wir dich gezeugt, Jacqueline, zur Entbindung gefahren, aus der Klinik abgeholt. Schorsch war unser Trauzeuge ...«

Mit feuchten Augen nahm Udo sein Hütchen ab – die Geste der Ehrerbietung erschien ihm angemessen.
Udo wollte soeben mit einem tiefen Seufzer in seiner Trauerrede fortfahren, da winkte ihm Jacqueline mit einer raschen Bewegung zu schweigen.
»Pschd! Seid doch ämal schdille!« flüsterte sie und lauschte mit geneigtem Kopf angestrengt abwärts.
Verständnislos, aber gehorsam begannen nun auch Rita und Udo zu horchen. Doch außer Grillengezirpe fiel ihnen nichts auf.
»Dorte drüb'n, ganz deutlisch!« beharrte Jacqueline.
Dann ging sie einfach los, hinunter zum Strand. Udo und Rita folgten ihr zögernd. Doch dann hörten auch sie das Geräusch, das Jacqueline aufmerksam gemacht hatte. Ins Grillenzirpen hinein mischte sich ein leises Blubbern. Gemeinsam folgten die Struutzens dem wohlvertrauten Klang. Sie mußten schon auf Höhe des Strauches sein, als ein weiteres Geräusch ihnen den Weg versperrte. Doch hinter diesem Gebüsch, deutlich sichtbar, kringelte sich eine dünne blaue Abgasfahne zum Himmel. Auch eine Duftmarke machte sich bemerkbar, die ihnen nicht ganz unbekannt vorkam. Ein ungläubiger Hoffnungsschimmer malte sich auf ihren Gesichtern. Mit dem Mut der Verzweiflung krochen sie durch das Gestrüpp – und dann standen sie vor ihm. Unter einem Baum an eine Felswand geschmiegt, alle vier Räder seitlich wegstreckend: Schorsch. Selbst auf der Seite liegend, blubberte der brave Zweitakter noch immer unverdrossen vor sich hin.
Schorsch war gar nicht im Meer gelandet, wie die Struutzens soeben noch geglaubt hatten. Unten in den Fluten lag ein ganz anderes Auto, eines, dessen man sich wohl hatte entledigen wollen und das man kurzerhand über die Klippen gestürzt hatte. Jedenfalls nicht Schorsch! Der lehnte

an der Felswand, und sein Leerlaufknattern schien zu sagen: Da habt ihr mich noch mal wieder!
Udo, Rita und Jacqueline stürzten sich auf ihn. Tätschelten, küßten, streichelten ihn. Dann packten sie zu. So sanft wie möglich stellten sie den Trabi wieder auf seine vier Beine. Mit ächzenden Federn kam er auch ganz richtig wieder zum Stehen. Nur das Dach schmiegte sich weiter an die Felswand, und wo einst der immer mitdröhnende Antidröhnhimmel gewesen war, ragten jetzt nur noch die Seitenholme aus der Karosse. Ganz unverändert guckten jedoch Schorschens traurige Kulleraugen.
Es war Jacqueline, die als erste die Sprache wiederfand: »Ooch nääá! Een Gabrio! Ächd deli!« jubelte sie.
»Du bisd doch 'ne dreue Sääle, Schorsch!« setzte Rita zutiefst bewegt hinzu.
Udo sagte gar nichts. Er war bereits dabei, den Rahmen der Windschutzscheibe wieder nach oben zu biegen. Auch stellte er jetzt endlich den Motor ab und zog die Handbremse an.
Jacqueline holte ihre unversehrt gebliebene Gitarre unter den Sitzen hervor. Dann suchte sie sich einen Platz auf dem Felsen und begann zu spielen.
Rita bemühte sich unterdessen, die scharfen Kanten an den Dachholmen mit ein paar weniger wichtigen Textilien zu entschärfen. Schließlich sammelte Udo noch den Zelthut ein, der neben der Felswand lag, und befestigte ihn provisorisch auf Schorschens Kofferraumdeckel. In erstaunlich kurzer Zeit sah das »Cabrio« wieder durchaus fahrbereit aus.
Gerade als sie an Bord klettern wollte, entdeckte Jacqueline auf dem Beifahrersitz die leicht lädierte »Italienische Reise«. Der neapolitanische Wind blätterte in den Seiten des Buches. Jacqueline steckte einen Finger dazwischen,

schlug willkürlich eine Seite auf und las: »Neunter März 1787, Neapel. Das ist das Angenehme auf Reisen, daß auch das Gewöhnliche durch Neuheit und Überraschung das Aussehen eines Abenteuers gewinnt.«
Den treffenden Ausführungen des Altmeisters der deutschen Literatur folgte dreistimmiges Gelächter. Und während es sie noch schüttelte, ballte Jacqueline ihre kleinen Fäuste. »Gomm, Udo, degg dich!« quietschte sie.
Udo nahm Fighterstellung ein. Die Schläge hagelten nur so hin und her. Zum erstenmal auf der langen Reise lief das Ritual zwischen Vater und Tochter völlig entspannt und in überquellender Freundschaft ab. Schorsch war schuld daran: weil er trotz allem noch lebte.
Lachend sprangen die drei schließlich in ihr neues Cabrio. Langsam rollte der Trabi davon, endgültig Neapel zu.
Kurz vor der Stadtgrenze stellte Udo fest: »Irchendwie is nu ooch mähr Blatz im Wach'n!«
Und Rita erwiderte lächelnd: »Dän ham mer aber ooch nödsch – bei mein'n Umständ'n ...«
Es dauerte eine Weile, bis Udo die Tragweite dieser Eröffnung begriff. Dann aber brachte er Schorsch mit quietschenden Reifen zum Stehen und starrte seine Frau fassungslos an.
Rita nahm ihn beruhigend in die Arme. »Fahr zu«, sagte sie leise, »sonst sin' mer in neun Monad'n immer noch nich daheeme. – Bei dein'm Schdreß!«
Jacqueline ließ ein respektloses Lachen hören. Dann stellte sie ihren Radiorecorder auf volle Lautstärke. Zum erstenmal nahm Udo es kommentarlos hin. Als werdender Vater würde er schließlich bald ganz andere Töne ertragen müssen.
Schorsch rollte wieder an, und während er an Fahrt gewann, begann Udo zu lächeln.